小馬過河

以輕鬆的筆調
書寫時下中國都市人的
愛情空間

朱曉劍
短篇小說集

朱曉劍 著

目次

搞什麼搞

0

老魏最近很鬱悶。做什麼都不大順心似的，那些以前常常跟在屁股後面的媒體現在好像把他遺忘了。他天天坐在電話機旁邊，等著電話響起來，可電話一直沒響。

老魏是坊城的名人。有著一副好心腸，又喜歡對一些事情發表言論。由於他的地位特殊，這些言論就有可能成為坊城當局的一些政策方向。所以媒體都很喜歡跟他打交道，常常讓他就一些事情發表看法，或者是電視臺請他做嘉賓參加活動，不管怎麼樣，有了他的話和形象，就保證了讀者或者收視率。

可現在卻是差不多一個星期了，沒有人打電話來問他一些事情的看法。他想打電話去，跟他們說說一些他的看法，因為他是名人，就覺得這樣很不好拉下面子，何況以前從來沒有發生過這樣的事情。

年輕的夫人看他心情不好，就勸說他，沒什麼大不了的。他狠狠地瞪了她一眼，沒有說話。以前從來沒有這樣。夫人是換的第三個了。說起來，他們認識的時候，她還是記者，那時她也不算多有姿色，很平常的女孩子，因為一件事情，他們來往了起來，後來就一發不可收拾到現在的局面，第二任夫人受不了乾脆離婚了。夫人想說什麼，但沒有說出來。

時近黃昏，老魏在房間裡走來走去，像偉人一樣在思考什麼重大問題。儘管他知道自己不是偉人，只是一名人而已。可他覺得這樣太冷落了他。他沒有犯什麼錯。媒體可真是太勢利眼了。

後來，他打開電腦，信箱裡沒有一封未讀郵件，他懷疑自己看錯了，刷新了一下，還是沒有。這是他今天第五次看信箱了。

然後，老魏決定到外面走走，夫人也覺得有必要，就說，這樣你會把自己悶壞的。老魏點了點頭，於是，他們走了出來。在小區裡，有人跟他們點點頭，有人似乎裝作沒看見低頭走了過去，以前他們見著他的時候都會滿臉堆笑地吁長問短的。

外面沒有一絲風，老魏覺得這天氣要下雨了。他們從小區的大門經過的時候，老魏注意地看了一下保安，保安沒有向他敬禮。儘管他只是用眼角掃了一眼。隨後，他對夫人說，要下雨了，回吧。夫人抬頭看了看天，天空中沒有一絲雲彩，也沒有下雨的意思。她覺得莫名其妙，看了老魏一眼，就明白了是怎麼回事。

1

老魏的夫人名字叫于晶瑩。他們回到了家，于晶瑩就趁老魏去洗澡的時候，跟以前單位的老領導打了電話，問老魏最近是不是出言不慎，犯了什麼忌。老領導一聽她這樣說就忙說，沒有沒有。其實老領導也不老，就比她大幾歲，那時他剛離婚，很喜歡于晶瑩。可是于晶瑩不願意跟他上床，於是就老給她小鞋穿，後來，她就纏上了老魏。他們的關係也就沒能發展下去。儘管老領導這樣說，她還是有點不大放心。就跟以前的一個記者女友打電話，問問情況，得到的答案也是說沒有什麼事，現在搞文明社會宣傳呢，大概是沒有值得老魏發表談話的必要吧。這話說得委婉，但于晶瑩還是聽出了點不一樣。但她又不好刨根問底，就跟對方說，你聽到老魏有什麼不好的消息就告訴我哈。女友說，那豈有不說的道理？我們誰跟誰啊。停了一下，她又問于晶瑩，你們現在每週幾次。于晶瑩說，還不是科學做法。你跟你老公現在怎麼樣？女友說，還不是老樣子。老魏此時忽然喊了起來，于晶瑩匆匆地掛了電話，衝進了洗澡間。

他們居住的房間還是老式的房子，設備不怎麼齊全，環境簡陋，後來單位改裝了一下，裝了現代化設備，看上去還是很不錯的。有好幾次，單位分房的時候，老魏覺得自己是名人，該做出表率，就一直沒有要新房子，為此，他前的兩位夫人沒少跟他鬧。于晶瑩是從郊區來的姑娘，她覺得現在的條件比老家好，儘管她有些不滿現在的住房條件，但是她做過記者，自然很容易理解做名人不容易的道理。原來市電視臺有個主持人，以前多樸素的人啊，大家很喜歡他，當他有了點名氣時，說話的口氣也粗了，並且把誰都不放在眼裡，好似他是老大一樣，結果還不是栽了啊。

老魏其實也沒有什麼事。就是在洗澡的時候覺得脊背上有點癢。這讓于晶瑩有些生氣，但是老魏笑嘻嘻的，她就不好再說什麼了。

為此，老魏半真半假地跟她嬉戲了一陣。

夫人說，現在的媒體都不大喜歡你說話了啊。

老魏一聽這話，就罵起來，說，我們社會就讓這幫不負責任的媒體搞壞了。他們只想著經濟價值，別的都可拋下不管了，這怎麼成？

夫人聽他這麼說，怕他的血壓上升，就說道，管他們呢？

老魏說，我不能這樣啊，我是名人，怎麼著也不能墮落到跟他們一樣？

是啊是啊，你是名人，你擔當大任呢。

他一聽這話就不高興了。從洗澡間出來，就索然無味地坐進沙發裡，不言不語了，發呆似的望著什麼。坊城最近在搞一個文明社會宣傳。老魏很反感這種做法，好似大家以前都是亂搞似的，從來沒有文明過。想想吧，就知道是多麼可笑的啊！

外面下起了雨，坊城大學裡也少了往日的喧鬧。老魏想給辦公室打個電話，卻不知道說什麼，就放棄了。電話沒有響起來，可他立馬奔向電話機旁邊，夫人覺得他的問題越來越嚴重了。

此時有敲門的聲音響了起來。夫人很奇怪這雨天誰來拜訪呢？老魏盯著大門，沒有言語。夫人就忙跑過去開門。是老王。老王本名叫王大煒，藝術系教授，是坊城電影學界的權威，經常給老魏推薦一些好看的碟子什麼，也因為趣味相投，兩人走得很近。老王進門就說，他媽的，今年的天氣硬是奇怪的要命。于晶瑩說，也是啊，今天又帶來什麼好碟子了。老王嘿嘿地笑著，沒說話，老魏就覺得他不知什麼時候變得淫蕩了起來，他還是沒有說話。

老王說，現在的媒體都在瞎搞啊，對A片管得嚴，不容易拿到了。

老魏說，創建文明社會嘛。

兩人落座，老魏就從冰箱裡拿出兩瓶啤酒，兩人開始喝起來。他們兩人一般都是這樣，在一起就是喝喝酒，交流交流看片經驗什麼的。這時，誰也看不出他們是大學教授、名人，一喝點酒，兩人的話就多了起來。

于晶瑩就待在一邊聽他們說話，邊做著什麼事兒。

2

坊城大學在醞釀改革，于晶瑩就覺得老魏該出來做自己的事業。前幾年，一個教授出來後，搗鼓了沒幾下，賺了幾個億，現在成了一個跨國公司的總裁。老魏想了幾天，還是沒有主意。為此，于晶瑩想辦法盡力去給他更多的安慰，老魏可是無法勃起了。老魏忽然覺得自己老了，神情看上去有了些滄桑。于晶瑩說，你操心太多了啊。要多注意保養。于晶瑩說完這話不久的一天，就開始打電話諮詢那些懂點醫學的朋友。

同時，她覺得不大放心，親自尋找科學依據，就找來了營養學、烹飪之類的書，仔細地閱讀，不放過一個文字。最後，她發現老魏的問題在於他有太多的焦慮，或者說他跟常人不一樣，有更多的事情等著他做，他是名人呢。

忽然，有一天，電視臺又來採訪老魏了，報紙也來採訪老魏了。老魏侃侃而談，說著自己的看法，博得許多掌聲。老魏的毛病沒有了，他又開始出入各種飯局了，他天生不是做教授的料，更應該去做政治家。因此，大家稱他為「胡適的門徒」。于晶瑩打扮得很漂亮，跟老魏出去的時候可掙足了面子。

老魏有個學生叫余小笨的經常到他們家來。當然，于晶瑩明白他是什麼意思，但是，她對他既沒有熱情，也沒有冷淡。余小笨就引以為默認了，逐漸大膽了起來，其實，說大膽有點誇大，因為在老魏家始終沒有做什麼出格的事情來。老魏很欣賞他這個學生，說，將來他可能是得自己衣缽的傳人。當然，這除了余小笨的聰明和智慧之外，就是他們之間有相類似的成長經歷。

有一天，他們正親熱的時候，余小笨闖了進來，儘管他沒親眼看見他們的情形，還是引起了于晶瑩的不快。老魏卻很高興地跟他聊來聊去。

天氣變化得有些不可思議。有時晴天，忽然下起了雨來，有時是雨天，卻出了太陽。這種反常的行為引起了老魏的注意，但是他覺得自己的想法還不夠成熟，就沒發表看法。醫院裡已經擠滿了看病的人，據于晶瑩得到的消息，有不少人死去的原因不得而知。余小笨一進來，就說這事，老魏說，也許這就是天命不可違啊。余小笨不同意這種說法，於是兩人爭論起來。

老王有好長一段時間沒來了。一位報社的記者打來電話說，老王除了搞A片之外，還弄盜版光碟，被逮著了。老魏剛一聽就嚇了一跳，他還真不知道這件事。記者知道老魏跟他關係不錯，就想透過老魏瞭解一下老王的情況，老魏說，不曉得這些事情，不過……記者一聽他這樣說，就以為有什麼內幕了，趕緊打斷他的話說，要是有什麼電話裡不方便說，我立刻來一趟？老魏卻說，不過，我覺得一定是有人陷害老王，聽說有些人不喜歡他的做法。記者說，這不好報導了。

然後，老魏給老王太太打電話，問是怎麼回事，王太太正在跟牌友鬥地主，還不曉得這回事。她一聽說這事，就慌了，不曉得該怎麼做。老魏安慰了她幾句，就掛了電話。然後，又給學校電話，學校也很驚訝這種事情，沒人相信老王會這樣做。

於是，大家就開始想方設法營救老王。大家後來說，還是老魏去見了一下老王的好，只要他不承認做盜版光碟就好了。老魏見到老王的第一句話就說，沒有的事情不要亂承認。老王沒說話。旁邊的一位警察說，你這是什麼話？老魏說，我想你們不會虐待俘虜的。警察說，我們是人民警察，怎麼會做這樣的可笑事，不要亂說。老魏又說了幾句，就走了。

老王後來沒有承認做盜版光碟，至於說A片，那是作為藝術研究的，警察也沒辦法，只好讓老王走了。

3

老魏離職了。
于晶瑩走了。
余小笨出國了。
老王還在做著以前的事。

4

老魏說，搞[註]不好就像我這樣。
于晶瑩說，沒有名利，有什麼搞？
余小笨說，要搞就搞大的，小打小鬧的沒勁。
老王說，搞老本行，保險。

註：搞：①做；幹；從事：搞生產、搞工作、搞建設。②設法獲得；弄：搞點兒水來、搞材料。③整治人，使吃苦頭：他們合起來搞我。（《現代漢語詞典》（修訂本）商務印書館一九九八年版第四一九頁）

愛情忘記了

A

第一次見到他，酒吧裡正放著一首懷舊的歌，他的身份是蘇眉的男朋友，帥氣，戴副眼鏡，目光有點深邃。蘇眉說，告訴你們哦，他的名字叫老貓，就是貓貓狗狗的那個，蘇眉的聲音裡透著一股莫名其妙的得意。大家都笑了，老貓？好有個性的名字。那他姓什麼呢？蘇眉望瞭望他，有些遲疑著好像不知道該怎麼說，男孩看著杯裡的酒，也沒有開口。於是，氣氛變得有點尷尬。笑著的人都乾咳著不知該怎樣將臉上的笑容隱去。過了一會兒，男孩抬起頭，望著所有的人，淡淡地說，我沒有姓。

再見到他，已是兩個月後，我們在人行道上擦肩而過時，認出了彼此。

他說他剛從深圳回來，沒有想到成都這麼熱。說完，用紙巾擦了擦臉。我說，見到蘇眉了嗎？他偏著頭望著我，怎麼，你一定要把我放在朋友的男友的位置上才能溝通嗎？以你和蘇眉的關係，我不相信你會不知道我們分手已經一個月了。我的臉有些微微發燙，乾笑著像個傻瓜一樣掩飾著自己的尷尬。一時，我還真不知道該怎麼樣說話。

老貓請我去喝咖啡。他說，他在成都的朋友很少。我說，我沒想到你還記得我。老貓將凝視卡布其諾的眼睛移到了我身上，你那天穿著很特別。我嘴裡的咖啡硬在喉嚨裡嗆著差點下不去。他淡淡地笑，想不通我為什麼那麼留意你，是嗎？因為，那天你是惟一一個聽見我名字沒有笑的人。他的聲音透著非常磁性的味道，我知道他並非是在誘惑，可是，在這樣一個混著卡布其諾和淡淡香味的帥氣男人身邊，在這個漂浮著曖昧的咖啡屋，我很難不去想一些東西，比如誘惑，或者愛情。

我想我必須轉移一下話題，就說，你讓我想起了幾米的話：「一車車微笑的月亮，運往每個哀傷的黑暗的城市……瑩潤可愛的月亮，發出溫柔的光芒，焦慮的人們，暫時忘記了害怕……」老貓一下子笑了起來，是那種很開心的笑。

咖啡屋旁邊是一家賣傢俱的商店，我們出來時，老貓在商店的大玻璃窗外站住，裡面放著一個大大的兔子，脖子上還綁著一條圍巾。覺不覺得很像你？我笑。

我有這麼可愛嗎？雖然沒有回答他的問題，我卻買下了它。

為什麼要送給我？為了答謝你請我喝咖啡。他突然燦爛地笑起來，兩隻手還笨拙的摟著那隻大大的兔子，我的心忽然被什麼東西抓了一下，有點痛。

就在我們喝完咖啡的第五天，老貓又走了，目的地是廣州。我才知道他原來是一家公司的老闆。而且，他的父母在他一歲時，因為火災死了。「老貓」這個名字是他在叔叔家時，自己堅持取的。

每當我告訴別人我叫老貓，人家都以為我姓勞，我就說我不姓勞，我叫老貓，老少的那個老，人家會奇怪地問，我沒有聽說這個姓啊？是啊？我是沒有姓的啊。哪有人是沒有姓的？呵呵，我會有姓的，等以後我找到一個我很愛的人，就娶她，然後跟她姓。老貓講這些話的時候，臉上一直蕩漾著陽光般的笑，看著他，我的鼻子竟有點酸楚。

B

老貓走後的一天下午，我莫名其妙地走進了那間咖啡屋，而後就想起了蘇眉和他的生活。

在那段時間裡，除了上班下班之外，我就是待在家裡，哪也不去。其實，這時的我工資不高，每個月都要寄筆錢給老家，以貼補家用。老家裡的狀況一直不是很好，收入不高倒也罷了，缺錢用是常用的事。去酒吧更是很少的事了。

令我沒有想到的是，單位忽然在一夜之間破產了。我立刻恐慌起來，因為平時沒有什麼積蓄呀。何況還要在成都生活。一時，就陷入到憂鬱之中，開始四處出去找工作。一天兩天過去了，一無所獲，口袋裡的錢所剩無幾了，我不知道該怎麼辦？那時，我在成都的朋友很少的。

那年的端午節令我無比心酸，把蚊帳賣了的錢也已用完。我沒有向家裡要錢。老貓就在這時打電話來，說請我吃飯，我沒有猶豫便答應了下來。至今，我仍記得那一天。要不是有老貓的話，我真不敢想像以後的日子是什麼樣子的。

一周之後，我到一家房地產公司去上班，才算解決危機，老貓時不時在我的身邊出現，我想，我遲早會愛上這個男孩的。

老貓有天打電話來說，他租了一套房子，很好的。邀我去參觀。看到那空空的房子，我不由得說，這房子好空啊。老貓微笑著說，心不空就不空。於是，我們的來往更密切了。

蘇眉適時的出現讓我不得不反省一下現實。她平靜地問我，你真愛老貓嗎？我不敢確定，卻點了點頭。她的眼睛忽地紅潤了起來。我想，蘇眉也是深愛著老貓的。

其實，我不知道該怎樣繼續下去這段情感，一面是友誼，一面是愛人，好像非要一個選擇。這很痛苦，可轉折關係到我的未來以及幸福呵。

C

我是倔強的人，有了穩定的工作後，我想去讀成人高考，並且立刻付諸行動。老貓很支持我的。在參加成人高考的那段日子裡，我每天早上九點去上班，晚上參加學習。這樣，一直忙到夜裡十二點才能上床睡覺。

這樣忙碌了三個月，考取了四川教育學院，我沒有去讀，老貓介紹我到四川大學讀新聞系。

十月的成都已經有了些許寒意，我去學校報到的那天，老貓親自駕車送我到江安省的校區。到了寢室，他又為我鋪床疊被，在那一刻，我忽地覺得心被撞了一下。然後，他請我吃飯，我一直覺得我們應該發生點什麼了，就沒有說話。老貓卻故意逗我笑，他說，我會等你的，兩年後，我給你答案。我點了點頭。

每個週末，老貓都會來接我進城，那樣的時光過得很快。在向同學介紹他時，我就說他是我哥哥。其實，那些日子，老貓一直像哥哥一樣照顧我。讓我那顆孤苦的心溫暖了許多。

老貓二十九歲生日那天，他趕到學校來陪我，我送給他紅色的相思扣，就像許多年輕人一樣浪漫，我以為這一輩子就會這樣，至少會兩情相悅。但實際上我卻不知道這樣下去會何去何從。但這樣也好，至少有一個親愛的人在身邊呵。

想起來，那時的我有多麼地傻，經常會給老貓寫信，寫完後，便會用好看的信封裝好，見面時送給他，老貓很開心，常常微笑著接過，在那時，我想到了愛情的力量。

老貓一直待我很好。而蘇眉和我來往的頻率少了許多，好像大家都在為老貓尷尬著。

兩年後，我畢業了，進入成都某媒體實習。老貓為我的成功祝賀，雖然我距離成功很遙遠。老貓卻似乎看見了那一天。

蘇眉選擇了去澳大利亞，我沒有想到她會這樣。也許，在那個美麗的國度尋找到自己的愛情。

老貓和我同居了。生活充滿了激情和浪漫，我們去傢俱城選傢俱，把家佈置的既溫暖又富有情調。老貓很動情地說，曉曉，我一直等到這一天，我想……他的話因為激動而有些語無倫次，我笑作一團，這就是我看到的愛情吧。儘管我骨子裡是不相信愛情這回事的。

說來，照這樣發展下去，這段時間我會找個記者的工作來作之後，而後去幫老貓打點公司，然後做個賢妻良母，也是我的夢想吧。

二○○二年七月十日，我在採訪的時候，電話忽然打過來，告之老貓出車禍了。我一聽就呆了。採訪也顧不上了，趕緊到出事現場，那裡一片狼藉，老貓已被送往醫院。等我趕到醫院，醫生已經下了病危通知書。我見到老貓時，他已經永遠地閉上了雙眼。就這樣他不吭一聲就走了。

老貓的公司也易人了。我情緒低落不已，工作也無法繼續下去。那段時間我不知道是怎樣過來的，以淚洗面，任誰勸都不行。想像這是多大的傷痛呵。

我把老貓出事的消息告訴了蘇眉。等了許久，她說，沒有想到會是這樣。我聽見她在大洋彼岸幾近哭泣的聲音。

D

情人節那天，蘇眉從澳大利亞發來電子郵件說，我要和你分享那段愛情：

我和老貓相戀時，由於工作的緣故，我們不得不常常分離。他常在外地奔走，我則孤單地守在燈下，等待他疲憊地歸來，再無奈地離去。這一年來，我真的覺得很累。終於，在一個有月亮的晚上，我暗自下決心，放棄這份聚少離多的愛情。

等到他再一次回來時，我沒有去接他。他提著許多禮物來看我，我卻說了一大堆挑剔的話，故意氣他，他盡力忍著不發作。一連幾天，我總找彆扭向他發脾氣，想激他發火，讓他說出分手的話。看著他痛苦的樣子，我心裡真難受。可一想到以後長久的離別，就硬著心腸給他寫了一封分手信。其實那是一紙白紙，我想，就讓我們的未來成為一片空白吧！

信發出後，我內心忐忑不安，晚上睡不著覺，閉著眼睛胡思亂想，就像等待一場審判。可是什麼也沒發生。

像往常一樣，我在單位忙碌了一天，快下班的時候，我抬頭往窗外看了一眼，一下愣住了。只見夕陽下，他背著一個大大的旅行包，孤單地站在我必經的路旁，揚著頭朝我的方向張望。手中緊握著一封信。我不安地走過去，他冷冷地看著我，說：「想分手，沒那麼容易，讓我們算算帳。」

我一愣，輕蔑地說：「我花你多少錢，我還你。」

他把手一揮：「我不跟你算經濟帳，我和你算感情帳。這一年的時間，我每天都思念你，牽掛你，為你擔憂，為你祈禱，為你快樂和憂傷，為你睡不著覺，喊著你的名字，遙望你的方向。我把我的心交給了你，把我的現在和未來交給了你，讓你好好珍藏。可是你卻給我一紙空白，這不公平。昨晚我想了一夜，這是我花一夜時間列出的情感明細帳單，你把它們都還給我，我就和你分手。」

我接過他手中的信，上面密密麻麻地寫滿了數字：「思念：三百六十五天；牽掛：三百六十五天；擔憂：三百六十五天；快樂：三百六十五天；痛苦：三百六十五天；對別的女孩的欲望：零；愛你的風險：一生一世！」

我的眼淚順著臉頰滴落下來。這一年我只想到我的等待與守候，卻不曾想過我的等待和守候只是一個圓的一半，加上他的那一半，才組成一個共同的「圓」。我在這邊等待的時候，他同樣在月亮的那一邊守候。愛，註定了我們一生的等待與守候，註定了情感帳單永恆的支持！

這樣的美好的事情成永恆的印記。我不知道我會不會和老貓這樣繼續下去。愛情有時候，就是這樣的沒有道理的。現在呢？只有我受傷了吧。

E

老貓走了之後，我一直沒有好好的去上班，心情總是莫名其妙地鬱悶著。我懷念起我和老貓在一起的日子。

那一幕幕讓我感到生活的無力，我不知道他在天國裡是否知道我在念叨他。於是我搬了家。把那些舊傢俱都丟掉，但是我仍然無法抹去老貓的影子和記憶。好像他一直沒有離開我，陪伴著我。

儘管我也知道這樣不好，對我的生活也沒有益處，但仍然禁不住去想。

在老貓走了三個月之後，我開始上班了。然而，在報社裡聽到的閒言碎語不少，我無力承受這些，就決定辭職。我不知道接下來會去做什麼，茫然的我整天過著混混沌沌的日子。

休息了三個月的時間，蘇眉幾乎每天都發郵件過來，勸要我振作起來，老貓不願意看到你這樣的，要知道他是希望他心愛的人生活的更好。

一個在雜誌社的朋友約我出來，他說他們雜誌社剛好缺人，問我樂意去不。我猶豫了一下，問了一下情況，考慮了半天才答應了下來。

生活的風帆又開始起航了。我知道老貓會高興看到我這樣的。我記起了第一次和老貓在一起說的話：「一車車微笑的月亮，運往每個哀傷的黑暗的城市……瑩潤可愛的月亮，發出溫柔的光芒，焦慮的人們，暫時忘記了害怕……」好像就是昨天的事情似的。

依然單身的我，現在只想到怎樣去做喜歡的工作，情感上卻是不願意再起風波，因為此時我才發現我的心是脆弱的。好像是忘記了那些事情，其實只有我知道那些事是我心裡永遠的傷疼，是無法抹去的。

小馬過河

沒有男人我們怎麼活

小馬其實比我到單位去的時間要早幾個月，但我仍然叫她小馬。小馬，她的年齡比不比我小，我不知道。對於女孩的年齡我一向不大感興趣，我只是覺得與她交往能有些共同語言就足矣，別的什麼倒都可以不在乎。

雖說我說的職位是記者，其實就是東奔西跑，找點新聞資料的人。小馬是做美編的，也許稱為美術編輯更為合適，但我們幾個都叫她美編。據說在別的單位這類人也叫美編。我們叫小馬為美編主要是因為她長的好看。你要問我怎麼個好看法，我一時也說不出來是怎麼個好看，那些美好的形容詞看上去都顯得臃腫、廢話，想想還是會說好看。小馬長的好看，這是其一，其二是她寫的字極好，我說的不是用電腦打出來的那些「字」，是手寫的那種。說小馬是美編時，我們就想起今年春天是燦若桃花樣的美好。

單位很小，人也很少。我們這個部門只有五個人：小馬跟我，還有一女兩男。他們都是編稿的。有很多時候，他們不來上班，有時他們把編好的稿子往小馬面前一丟就出去喝茶或者幹別的什麼去了。小馬還幹錄入的活兒，我跟著她，有些不好意思。走著走著，我就忍不住笑自己，幹嘛呢？像一個被捉了姦的男人似的。我跟小馬開玩笑，小馬只是笑笑。

我開始的時候還叫她美編，後來就改口叫她小馬了。好像是在一個下午，辦公室裡只有我跟她在，我喊她美編，她沒有應，也許是沒有聽見。我又喊了她一聲，她還是沒有反應。於是，我就叫她小馬。我叫她小馬時她抬頭看了看我，在笑。我不明白她笑什麼，就跟著也笑了。

你笑啥？小馬問我。

我說我不知道笑啥。小馬笑的更凶了。好大一會兒，她才停住，指著報紙說，劉曉慶說的話真逗：沒有男人我們怎麼活。我就去看報紙上的那則新聞。小馬說，劉曉慶真是的。我看著報紙對小馬說，你錯了，她可真是懂得那句歌詞了，你是白天不懂夜的黑。然後，她問我什麼意思。

我還沒有跟她解釋呢，一個女孩兒推門進來，連忙說，不好意思，打擾你們了。然後，她說她是某某公司的，她們生產一種什麼避孕套，現在搞促銷，非要我們買。我說不需要不需要，小馬也說不需要。女孩讓留下電話，說以便以後聯繫。結果我把辦公室裡的電話給了她，她這才走了出去。

現在促銷可真多，我們聊了起來。編輯們來了，我就說剛才的事兒，大家說，你們可真是的，不早說一聲，叫財務買一點，作為福利發給大家也很好啊。小馬說，我怎麼沒有想到呢。這些編輯都是年輕人，精力特別旺盛的那種，雖然有的同居，有的結婚，還都不想要孩子。因此他們不得不到藥店去買，但質量又不能保證，報紙電視好象也為這事呼籲過。

後來，我們就留心這些，總是隔三差五地遇到這樣一些促銷人員。也買了一些東西，是單位作為福利發給職工的。

小馬還沒有耍朋友

有段時間，我們經常加夜班，小馬陪著我們，雖然大多數時候，她都沒什麼事可幹。我們忙著，她就坐在我們旁邊睡覺，那姿勢十分好看，在很溫馨的家裡似的。我勸她回去，她不大願意，別人也勸，她還是不回去。

大家就說，你喜歡上誰了，就找誰嘛，我們大家可都不用你一個人陪了，那麼累。

小馬就笑，不說話。

上班的時候，小馬閒的沒事幹，她就收拾辦公室，弄得我們幾個都不好意思了。她說習慣了。「娶著這樣的人，多好啊！」幾個男的說。

女的就嫉妒得要死，也不說話。

然後，我們就各給小馬寫了一封情書。小馬小馬我愛你，就像老鼠愛大米，就像莊稼離不開水。小馬就笑的更燦爛了。

等到了吃午飯時，吃盒飯，十元兩葷兩素的那種，菜炒得很粗糙不說，連米飯都難以下嚥。她說，我媽燒的菜最好吃了。我們都羨慕的不行。特別是我們幾個單身的人，就不斷的問，怎麼個好吃法，有時說得人直流口水。速食麵或者一點豆奶加餅乾度日的我，更是羨慕了，就追問她會不會做，小馬就說會做，但不給你們做。言下之意就是說，只給她喜歡的人做，我們就沒希望。

但小馬還沒有耍朋友呢？

小馬，你就從我們中間選擇一個算了。

小馬，我們的命運由你決定了。

小馬說那自然是。

你到這裡來幹嘛

星期天，沒事可做，待在家裡又待不住，就出來轉轉，走到單位門口。也許會有人吧，以前週末是沒有人在的。我就信步的走過去。

那天的陽光很好，成都很少有這樣的天氣的。人走在路上都會覺得心情不錯。我走進辦公室，從窗子裡看過去，有個人影晃了一下，我就問誰呀，裡面的人不說話，我就去開門，可不知怎麼回事，平時很好用的鑰匙，卻怎麼也打不開門了。我試了幾下都沒成。就說再不開門我就撞門了。裡面也沒有反應。

我說做就做，使勁地往門上撞去。忽然門開了，我沒在意的往前衝去。結果我撞在了一個人身上，就順勢抱著她，頂在了對面的牆上。我連說對不起，忽然感覺有些異樣，就鬆開了。一看，卻是小馬。

一下，我就奇怪了，你怎麼星期天會在這裡啊。小馬說，我也不知道怎麼就到這裡來了。那你剛才把門怎麼反鎖了。她說，沒有啊，是你沒有打開。我不信，就拿鑰匙試了一下，一擰，「唠嚓」，門就開了。你看。我說。小馬說，這怎麼回事呀，怎麼會這樣呢？

想不明白，就乾脆不去想它了。

兩個人閒著沒事，就坐在那兒聊天。小馬說，你幹嘛跑到四川來了，老家不好嗎？你是想幹嘛呢？

我說，我在這讀書，然後就到這來打工來了，就這麼簡單嘛。

不會吧，她很不滿意我的答案。

有什麼不會的，你想我來幹嘛呀。

找老婆。

找老婆。我重複了一下，就說，沒錯兒，有這個打算。不過暫時還沒目標，找不到合適的。

你身邊有嘛。小馬說，笑著，很好看。

「是嗎？我沒在意。」老實說，我那時候還不懂得什麼是愛情。「你要抓緊時間啊！」

結束談話很迅速。到了吃飯的點兒，我跟小馬一起去吃午飯，吃肥腸粉，吃完就分散了。

找到幸福的方向

三月的天氣格外地好。單位卻忽然說破產了。剛好有個朋友說他們單位差人，我就去了。工作很累，整天忙東忙西的。從此沒再去原來的單位，小馬的印象漸漸地就淡忘了一些。有天晚上，我洗過澡，準備睡覺了，正看一本小說。電話響了，是小馬的聲音，我一下子聽了出來。我問她在忙什麼。她問我忙什麼。我先說了我的事，她隨後說了她的事，閒著。然後又說了些別的事，她留下了她的電話，就掛了電話。小說也不看了，拉燈，睡覺。第二天還有個大型會議必須要參加，是不去不行的那種。

夜晚是很好的，許久沒做夢的我居然做了一個夢，裡面盡是小馬，小馬的笑，小馬的影子，小馬的臉……我醒來時眼前還是那些。就怎麼也睡不著了。我又去翻小說，我一直認為小說具有催眠的作用的。可我沒看進去一個字。

我不確定我是不是喜歡上小馬了。我知道在我二十年的生活中還從沒有過這樣的事兒。

第二天，我跟頭兒說了一聲，我不去參加那個會議了。我有事。他是個老頭兒，戴個眼鏡，笑瞇瞇的樣子很可愛，一個老男人居然這樣。我有點厭惡。他說，那怎麼行啊，天大的事也不能耽誤工作呀。我說，可有比工作還重要的事呢？怎麼會呢？他搖搖頭。我說，那我就明說吧，找老婆比工作更重要，一個人一輩子只有一個老婆啊。頭兒是有情人的人，我的話讓他有些尷尬。還沒等他回過神來，我就下樓了。等我走了兩層樓梯他才叫我。這個老男人！

走在路上，我在想小馬，我要把昨天晚上的夢告訴她，我再告訴她我的想法。從天府廣場經過時，我看見一些人在那裡照相，在幾個破舊的商店裡，我看見一些人圍著「換季大處理」的東西，我覺得他們都是幸福的人。我還注意到毛澤東同志站在廣場上，手向南方伸著，很筆直。我似乎聽見他用濃厚的湖南話在說，幸福就在那裡。我笑了笑，然後我順著他的手指往前看，居然我看見了小馬，她正向我這邊走過來。

她還是從前的那樣的笑著。我衝向前去，抱著她，不停地問，你怎麼會在這裡？你怎麼會在這裡，我正準備找你呢？我激動的不知該說什麼好了。

小馬說，我知道你會到這裡來的。我抱著小馬，我說，你看毛主席多偉大啊，是他幫我找到了你。小馬說，是嗎？這時，我看見毛澤東同志微笑著看我們這一對幸福的人，我立刻不好意思起來了，就把小馬放到地上。然後我們順著毛主席手指的方向沿著人民南路向前走去。

路，在我們的腳下發出歡愉的笑聲。

小馬進城

1

現在的夜晚都有些浮躁起來了。起初小馬還能待在屋子裡，倆人做一些事什麼的，可後來，小馬就待不住了，她老是顯得心煩意亂的，我不知道是怎麼回事兒，想問什麼，又覺得有些無恥。我還是問了。小馬說什麼來著，聲音很低，有些憂鬱。也許她是個有野心的女孩。我就不再問她什麼了，去翻翻那堆舊書，就看見了萬方的《幸福派》和一些亂七八糟的書。小馬一個人坐在那裡，似乎在想心事，望著窗外，發呆。院子裡的鬱金香花正開，很濃郁的味道從窗子進來。我就說，把窗子關上吧，這花兒太濃了。小馬無動於衷，連抬頭看我一眼都沒有。我仍然在看那堆舊書。小馬猛地把窗子關上了，「啪」，聲音很大，嚇了我一跳，問幹嘛呢？那麼大的火氣。小馬說，不幹嘛。我就靠過來，看她。這時，夜幕下來了。晚飯後了。三月的天氣令人有些古怪。

2

住在三環路以外，起初我有些不大習慣。這是小馬選的地方。說住在這裡好。往外走不幾步就是田野了。有天，我陪著小馬往外走，可沒望見田野裡的莊稼，沒有望見農民伯伯在田地裡勞動，到處是荒長的野草，有的已經枯萎了，有的還在可著勁兒往上生長。也不知道荒蕪了多少個年頭了。據說這裡正搞什麼經濟開發區呢。小馬就笑，笑得無邪也很無辜，房地產開發商淨會騙人了，怎麼能這樣呢？我們可是衝著他的廣告詞搬到這邊來的。小馬說，沒有想到啊。就那麼走著走著，轉眼天色就暗了下來，我們開始往回走，路很長。小馬的肩靠在了我的肩上。我說快點兒回家吧，這荒野處可不是那麼好待的。小馬說，不嘛不嘛，就這樣子……我拗不過她，就不再說什麼了。小馬好像沉醉在往事中去了。那晚上，我們回到了家，很累，我就倒頭想睡，小馬說要洗澡，興致很高。我說明天吧，今晚上太累了。我們住在這裡沒有通氣，要洗澡的話先燒熱水才行。小馬嘟著個嘴就是不同意。我說了半天，不行，就爬起來去燒開水，水燒好了，把水放到衛生間，又試了一下水溫。小馬等得不耐煩了，高聲地問：還沒好嗎？你幹什麼怎麼都是這麼慢騰騰的。我連忙說好了。等小馬去洗澡的時候我就倒頭大睡了。實在是累得要命啊。

3

這幾天，我一直思謀著進城一趟了。這幾天的雨下個沒完沒了，進城一趟還真不那麼容易，上班的單位就在附近，所以難得有一次機會去。何況那幫哥們差不多都一兩個月沒見著了。雖然有時電話聊聊，還是挺不過癮的。外面的天氣很好，幾乎可以用風和日麗來形容了，我跟小馬說我要進城的事，小馬說她也去。我說我去了很快就回來。小馬說不行不行。說著話的時候，她翻箱倒櫃的把衣服找出來，並以極快的速度套在了身上。完了問我好看不好看，我說不好看，前幾天剛買的那套裙子呢？她於是就把身上的衣服脫下來，換上裙子。我說你去幹嘛呢？要呀。走在路上，她很開心地說。坐上八十四路公交車時，時間已近十一點鐘了。我不知道這趟進城能不能找見他們。雖然他們中有幾個是小馬見過的，可我不願更多的哥們看見，他們一見準是又驚又詫的，讓我請他們喝酒，找了那麼好的人到那麼遠的地方住，好似這樣才一塵不染似的。我怎麼說，盡笑。不是得意呀。我不笑他們準以為我有問題，有難言之隱，關心地刨根問底，就這幫哥們讓人覺得挺可愛，是不是。下了公交車又轉了一趟，我們來到春熙路上。小馬說好久沒來看衣服了。抽空我跟他們打了電話，都關了機，只有小戴在睡覺，這麼好的太陽啊，小戴還在伸懶腰吧，這個傢伙就是這樣。我陪著小馬逛春熙路，走了一轉，去吃肯德雞，很開心的樣子。我又下去打了幾個電話，和唐唐聯繫上了，他在伊藤洋華堂玩，說一會兒就趕過來。唐唐趕過來時，小馬說去看一下伊藤去，唐唐來了就說，那沒什麼好玩的。小馬說那幹什麼去呀。回去睡覺吧。唐唐是見過小馬的，他就一臉壞笑地說，淨想著幹事呀，太沒有趣味了吧，他們倆就說上了。我說你們鬧什麼呀，到哪兒去玩？唐唐說他再跟幾個朋友聯繫一下，說著就拿起手機到外面打了一通，而後說，那我們到玉林那邊去，幾個哥們已經到那裡去了。於是我們就往玉林趕去。

4

玉林的酒吧一條街沒有前幾年的興旺發達了，逐漸呈現出式微的樣子來。我們徑直來到了小酒館酒吧。老闆是唐丹鴻，一個很前衛的女人，現在沒事就在搞ＤＶ，我們剛進來就看見一群人圍在了那裡，在看什麼，我們也跟著過去，是放ＤＶ，一個男人卡著脖子說著什麼，很好玩。小馬一下子就迷住了。ＤＶ很快就結束了，大家熱烈地討論起來。唐唐就在這時介紹他的他的朋友梁三台和祝英伯，是公交詩人，他們的詩歌在成都的這個第四城裡風靡一時，無論你坐上哪輛公交車幾乎都能看到他們的詩句。他們說起公交詩的發展前景時，雙眼放光，好似看到了太陽出世一樣，小馬不懂什麼是公交詩，就問我什麼是？我也不知道。唐唐把我們介紹給他們，他們就用不屑的眼光看看我們，什麼策劃人？卵！我們開始喝著酒，小馬很興奮。一會兒那個卡著脖子的男人帶個女的過來，他說他叫烏青，搞一個網站，叫什麼果皮影音（www.Xiangpi.net），女的叫張宓，幾個ＤＶ片的女主角。大家就喝酒，小馬跟他們討論什麼是ＤＶ，後來又有六回、肉幾個詩人過來，也全是關於ＤＶ的話。我跟唐唐倆人喝酒，一邊等待小戴的到來。唐唐說我現在真是幸福，滿眼都是崇拜。我說，幸福就是陷阱啊。說著說著，小戴過來了，兩眼還惺忪著，不知道他這些晚上在搞些什麼，我們開著玩笑。小戴說，你那位呢？沒來，怕哥們見著搶走了嗎？小馬從衛生間出來，臉紅的很好看，我還從來沒見她這樣子過。我就把小戴介紹了一下，小戴就連連點頭說，不錯啊不錯啊，接著喝酒。梁和祝親昵的不得了。小馬說她有些醉了。小戴說，沒事兒，醉了有什麼啊，人生難得幾回醉嘛。我們又喝了一氣，烏青他們卻早已走掉了。我說我們也散了吧，哥們下回到我那喝酒。坐上公交車的時候，我讀著車上的公交詩，小馬倒在我的懷裡說著夢話。

5

小馬煩得不得了。我說什麼她都不聽，我不知道該怎麼說了。就索性不去理她。小馬說烏青他們過的真好，很有意義。我說比我們還好啊。小馬說今天進城吧。我說沒啥事去，幹嘛。跟你在一起，真沒勁！小馬居然說出了這種話。我問怎麼個沒勁法了。現在不是過得好好的嗎？當初可是你讓搬過來的。可我沒有說這些。小馬就說，你不去我去！小馬說這話時態度很堅決。我也不示弱地說那你去吧，反正我不去。小馬下樓了，我沒叫她，也許她會在樓下待那麼一會兒，消了氣就會上來的。我沒去管她。可等到吃午飯的時候，還沒見她上樓來，我開始意識到要出事兒了。就趕緊下樓，樓下連個人影子也沒有。我跟她打傳呼，等了半個小時也沒回，我又撥了一次，仍然沒有反應。小馬真的生氣了。她能去哪兒啊，以前的朋友幾乎都沒怎麼來往了。耍的好的也各奔東西了。沒辦法，我只好回到屋裡去等。看來。她這回是真的生氣了。屋裡就我一個人，很難打發時間，心裡七上八下的，等到晚上八點鐘，還沒見小馬的影子，我真的有些急了，就跟哥們打電話尋找，可都說沒見著人。一時，我不知該怎麼辦了。唐唐說，那就報警吧。等警察趕到我的住處，詢問事情的經過時，小馬卻出現了。人民警察說下回不能再這樣了，什麼事兒啊，還把我們叫來。看到他們這樣我就忙不迭地說對不起說下不為例的話。人民警察走了。我問小馬你到哪裡去了。小馬沒回答卻冒出了一句「你管不著」。我氣得還想說什麼，也只好忍住了。又忙給哥們聯繫，說找著小馬了。睡覺時，小馬也不再理我。我剛碰到她的唇，就被推開了，我自討沒趣地待在那裡，小馬吐著酒氣，你又去小酒館了，最後我還是忍不住問了。小馬說，去了又怎麼樣？我能怎麼樣啊。我說我們幹了些什麼事呢？居然弄成了這樣。我不知道有野心的女人大都是不安於現狀的。

6

接下來的幾天，小馬都表現的鬱鬱不樂，下了班我就急忙往家趕，小馬說什麼我也不反駁。小馬整天整天都沒精打采的，飯不做了，平時我們的一點共同愛好現在也沒有了。我們的日子在平淡中顯現出危機來。小馬說：「我們合不來，還是分開算了。」我問為什麼。她說不為什麼，愛和不愛都不需要理由。我說你知道我心裡只有你。可我早已不愛你了，小馬說時很坦然。在結束了這次談話後，小馬跟我更是難得說一句話了。我問她為什麼，她像沒反應的木偶一樣。我說我們還要待在一起，你走了，我等你回來。小馬說那你就等吧。做那事時我跟她進行了這次談話。我頓時沒有語言了。

7

那天，我們正在睡覺的時候，唐唐給我打傳呼。我嚇了一跳，一看是唐唐，就下樓去回電話了。我們沒有電話，只有到樓下去，大概要走一兩百米遠的一個小店鋪去回電話。唐唐說他約了幾個哥們到我這來玩。我說好啊，就告訴了他坐車的路線。他說下午三點左右才可能到。打我搬到這裡以後，這幫哥們就很少走訪了，他們說我住的太遠，趕公交車都不大方便，何況又偏僻，路又不好。我掛了電話就回到屋裡，小馬還躺在床上，等我剛一進門，就撲向我的懷裡。我說唐唐下午來，可能還有另外幾個人，小馬說那我就給你們做點好吃的吧，我媽教我的手藝還沒用呢。我說看看，我朋友比我都重要。小馬穿上衣裳叫我跟她一塊去菜市場買菜，而後又提了一打啤酒。等他們來了，我就跟小馬在公交車站臺上等著了。唐唐、小戴以及幾個青年詩人和報紙編輯，大家見了，介紹一下，就上樓來了。他們說這裡的環境真好，雖然離城裡遠了一點，但就像世外桃源一樣。小馬興致勃勃地說沒什麼啊。我也附和著說，就是。到了樓上，房間太小，小馬讓我們先喝著酒、聊天，她準備菜去。我要去幫忙，卻被她制止住了。我們聊著聊著，小馬就說飯菜好了。我們就擺桌子、上菜。我邊對他們說，真不好意思，要不是我們這沒有酒館，我非請大家不可，見諒啊見諒啊，詩人說沒事兒，大家都是哥們，若不是我們才不會來呢？是不是？他們都說是是。我們就喝酒，吃菜，鬧得很歡。小馬不住地跟大家喝酒。我也忙個不停。最後，酒也喝好了，詩人都醉得不成樣子了，還要吟詩。他們走了之後，我才發現小馬也醉倒了。我把東西收拾了一下，把小馬放到床上，看著她醉酒的樣子，忍不住笑了。她倒在那裡，沉沉睡去。

8

小馬在說分手之後的一個星期裡，她再次說出了這話。我就問她為什麼。她說她喜歡上了一個詩人，很浪漫的詩人。她說跟他待在一起，我才覺得幸福。詩人是在那天進城遇到的。我說那你把你的東西帶走吧。小馬把自己的東西收拾了一下，就去找那個詩人去了。詩人住在城中心的一個豪華公寓裡。小馬走時很幸福。我卻什麼都沒說出來。晚上，我一個人坐在家裡喝酒，我也不知道喝了多少酒，最後我醉倒在地板上了。第二天也許是第三天吧，我醒來，地上已是陽光滿地了。酒瓶子散了一地。頭痛欲裂。我睜著眼，望著這熟悉而又陌生的一切，哪裡好像都有小馬的呼吸，小馬的味道，甚至在牆上發現了小馬的影子。於是莫名其妙的惆悵。想著從前的事兒，禁不住流下淚來。書上怎麼說來著：一日夫妻百日恩，百日夫妻似海深。我跟小馬搬到這裡有一百天了，什麼似海深啊，簡直是在亂說了。可我們是夫妻嗎？不是呀，那就無從責怪了。唐唐打傳呼給我，說小馬跟一個詩人在一起，是怎麼回事。我不想說，說有什麼勁兒，反正人都走了，還說什麼啊，我尋思著搬家了，我讓他們給我物色房子，不知道誰唱到東邊美人啊西邊黃河流，不醉不甘休……恍然明白了些什麼。哥們在玉林小區跟我找了套房子，是個老作家的，他前段時間移民到海外去了。沒有賣出去，傢俱什麼都有，我搬過去住了。很古舊的房子，書房裡是滿架的書。我禁不住笑了。我又換了事幹，距離哥們更近了。以後大家來往的就多了，我尋思著週末辦酒會之類的事，反正這房子又寬大，不用也是浪費著。把小馬的事徹底忘掉是件很不容易的事。打我搬過來以後就斷斷續續地聽到她的喜怒哀樂。有天晚上，我又夢見和小馬待在一起。這時，一個革命的後代向我走來，我沒敢靠近，我怕有投機革命的嫌疑。每個週末，家裡又歡聚一堂。朋友說，這裡就是我們的天堂。我不知道怎麼了卻流下淚來了，就端起酒杯一飲而盡。在喝過酒之後，就又莫名其妙地想起小馬喝醉酒的樣子，那麼好看，那麼好的氣氛，可惜我永遠看不到了。我不知怎麼就那麼容易沮喪起來了。

城堡

1

從成都的一條小巷裡走過，你會看見一對老人坐在門前。有時他們說幾句話，倆人就開心地笑起來，有時他們就那麼坐著，也不打麻將，好像老僧入定一樣，眼前的人來人往的對他們來說都沒有了什麼意義。老頭坐在那裡，他不抬眼，喊了一句小馬。小馬的臉上就泛出青春的光彩來，她還是有些生氣地說，怎麼還是小馬呀，人都老成這個樣子了。老頭就說習慣了。他們坐在門外，看見一隊學生走過來。學生們還都帶著紅領巾，他們舉起手，紛紛向小馬他們致敬，還喊著：「爺爺、奶奶好！」這些祖國的花朵讓他們又找回了從前，他們就說，孩子們好。孩子們走過去了，他們還是坐在那裡。

一個青年走過來了，他唱著什麼歌兒走著。老頭認出來了，他是他朋友的兒子，叫李鵬。李鵬打他們身邊走過時，還唱著那歌兒，老頭就說：「李鵬，你爸還好嗎？」李鵬說，還行啊，他現在沒事就在練太極呢。李鵬說，朱老爺子，你天天坐在這裡幹麼呀。朱老爺子說，不做什麼，習慣這樣了。小馬問李鵬什麼時候結婚的事，李鵬打著哈哈說他忙著呢，就走過去了。

這天的天氣不太好，有些陰沉，雖然是五月了。朱老爺子就對小馬說，小馬我們啥時候也去活動一下吧。可小馬沒有反應。朱老爺子仔細看了她一眼，原來是睡著了。近來，小馬老是這樣，剛才還在說著話，一會兒就睡著了。朱老爺子就走過來，抱起小馬慢慢地向屋子走去。等他把她放到床上時，已累得氣喘吁吁，坐在床邊休息了一下，他的心才平靜下來。不如從前了。他不由得感歎著。

他仍然改不了口叫她小馬。他知道他該叫她老馬了，可他總覺得這樣叫有些拗口。躺在床上的小馬說了一句什麼，小馬在年輕的時候就喜歡說夢話，這一說就是幾十年也沒有改變。朱老爺子想起該做午飯了，兒子中午一般是不回來吃的，他在一個公司裡做事，公司離家裡很近，他們公司包了一頓午飯。兒子耍了朋友，帶回來過，兩老人看了不順眼，其實只不過是他們在用老眼光在看新一代罷了。兒子最近又在忙乎這些個事。朱老爺子對兒子的事已經心灰意懶，他說，豆豆，你就好自為之吧。小馬卻不這樣看，這也太不負責了嘛，好歹還是自己的兒子，怎麼能這樣不管不問呢？其實她也沒什麼好辦法。朱老爺子想起這些時，就坐在那裡，他一時不知是誰對誰錯了。

2

老爺子在整理房間的時候，無意中翻出了一冊影集，裡面的照片有些泛黃了。小馬就拿出這些泛黃的照片看，時不時叫一聲，弄得老頭也跟著一驚一詫的。照片裡的小馬很好看，豐滿，不是現在的樣子，現在看上去幾乎找不到當年的影子了，現在的小馬身體有些乾癟，乳房耷拉了下來，臉上也有了皺紋，手也粗糙了，皮膚完全鬆弛了下來了。朱老爺子說他沒有想到人老了居然會是這樣，他也發生了許多變化，只不過沒有小馬老的那麼厲害罷了。

小馬把他叫過來，看一張照片。上面的小馬是那麼年輕、漂亮。老頭一下子反應不過來了，想了一下才記起來一些過去。小馬感歎著。兒子對這個表示不大感興趣，在小馬讓他去翻拍這張照片的時候。朱小豆說，媽，人老了就回憶吧，看了照片你心裡會難受的。小馬說不會的，幾十年都過來了，這點考驗還怕嗎？朱老爺子覺得兒子的話也對，就勸小馬不去翻拍照片了。

這天，兒子把女朋友帶了回來，女孩長得很好看，也很會說話，一見面就叫爸叫媽。朱老爺子就不好意思起來了。小馬忙著做菜什麼的，兒子陪著女朋友躲進了自己的房間，門也插上了。小馬就說，這女孩怎麼樣啊，老頭說，還不如當年的你呢。小馬就不說了。老頭見她不言語了，就以為她在生氣，不由得笑了出來。小馬問他笑什麼。他說，兒子也長大了。這不是廢話嗎？小馬想說沒說出來，仍然忙著切菜。老頭說，當年的事只能回憶啦。

吃完飯，兒子說他們要出去了。小馬看見女孩笑的很好看，還會拋媚眼。小馬說你們去吧。家裡有我們收拾呢。他們就出去了。

等他們走了之後，小馬就叫老頭收拾東西，她說她累了，腰酸背痛的。老頭就說，那我先給你按摩下吧，回頭再收拾。小馬躺在了床上。老頭進來就說，以後你也別那麼忙了，看把你累的。小馬說我不忙你們爺倆忙去啊。一說這她就一肚子氣，家裡他們幾乎是不聞不問的。

在做愛的時候，小馬就對老頭說，兒子的事也該有個結果了。老頭說，是啊是啊，都老大不小的了。老頭說著就想去吻一下小馬，就像當年那樣。小馬說都老了，還沒完嗎？老頭知道她是說著玩的，就自以為是地吻她。小馬一動不動。完了，小馬說，我們好久沒親近了。老頭說，是啊是啊，他別的什麼都說不出來了。

在剎那間，朱老爺子有種找不到北的感覺了。不知道是怎麼回事，自己竟然衰老了到這種程度：對什麼都不感興趣了。

3

兒子朱小豆的事很讓兩位老人傷心和不安，就快有個結果的時候，又散了。看著兒子也是乾著急吶，他自然有他的理由了，儘管倆老人十分不快，還是沒能耐何了兒子。

朱老爺子早些年的愛好就像得了健忘症似的，一下子失去了，現在的生活更加平淡。小馬愛好卻從來沒有停止過，在家裡和外面她儼然都是活動家，這讓朱老爺子倒省了不少煩心事，不必親自問的他就不再問。

回憶有時候充滿了他們日子裡的角角落落，儘管朱老爺子認為小馬那次和詩人的奔走是一個錯誤，但能迷途知返就好嘛。他想起來在心痛之餘又有些快意，那個詩人最終沒逃過命運的追逐，由於他對於詩歌的瘋狂不羈也使得他的生活變的糜爛，儘管他有希望成為大詩人，還是失敗了。小馬的性質是好的，有段時間，他甚至用「年輕的時候誰沒有荒唐過」來自我安慰。小馬在成了他的老婆之後，就一心一意地跟「黨」走，這「黨」就是朱老爺子，一跟就是幾十年。朱老爺子那時候還沒人叫他朱老爺子，而是阿朱，這只不過是年紀大了人們改換了叫法而已。

小馬那時候的熱情高達萬丈，男人沒少享福：吃得好，睡得好，生活得更好，雖然餘錢不多，小馬覺得已經成為中產階級了。他們幸福的生活著，一帆風順。起初他們不想要孩子，雙方的老人看不下去了，好像不能下蛋就不能證明是個好母雞似的，經過幾番說教之後。小馬才痛下決心要個孩子。懷胎的那幾個月裡，男人就鞍前馬後的照顧，兒子的出生就順理成章地受到了大家的寵愛。小馬這時就一心伺弄兒子了，把男人丟在了一邊。男人有時生氣了就不回家，小馬也不去管他，她知道她的男人。

可有一回卻出了意外，男人頭天晚上沒有回家，小馬以為他又生氣了，就沒在意，第二天晚上又沒見男人的影兒，她有些急了，他們單位早都下班了呀，過了一晚上，小馬怎麼都沒有睡好。第三天一大早她就風風火火趕到男人辦公室去，卻見男人坐在電腦前睡熟了，一下子淚水湧到了她的臉上，然後她快速地回到家裡，她知道這些日子是自己忽略了男人的存在以至出現了這種局面。下午，小馬給男人打個電話，讓他回家。男人回來了，她這才注意到男人瘦了一些，那晚上小馬就自己的失職向男人「檢討」了許久，男人很快原諒了她，男人很快又找回了幸福的記憶，他們一下子就親昵在一起了。

經過八年抗戰，兒子會獨立做一些事了，小馬才解放了一些，男人還是那麼愛著她，可她知道男人的心，他們依然生活的很好。

幸福的生活讓小馬沖昏了頭腦。

4

那年男人到外地去出差，是和一個剛從學校出來的女同事。男人沒跟小馬說這事只說自己去出差。小馬給她收拾好了東西，然後要送他去火車站，男人說不送了，小馬的淚水就來了，小馬結婚以後就沒再離開過男人一天，男人在她眼前晃來晃去讓她很舒心，現在男人出差到外地去了她一下子就不舒服起來了，兒子站在旁邊，覺得挺莫名其妙的，有什麼啊，就這麼激動。兒子當然是不明白媽媽的心情的，兒子覺得奇怪之後就走開了，很沒勁似的。

男人和同事出差了，不知怎麼就擦出了火花，是日久生情那種吧，這事還是後來小馬知道的。男人是陷在兩難之中了，終日的悶悶不樂，女孩愛他愛的死去活來，他又深愛著小馬，那邊才是真正的愛情，這邊卻是親情，兩邊都不捨得。

小馬知道了這事沒跟他鬧，她知道鬧過之後就沒意思了，男人剛好趁機讓她們母子走開。小馬就當沒事發生一樣，給男人一天一個溫暖，男人就更拿不定主意了。

事情就在這時出現了轉機，女孩到家裡來和小馬談判，本來小馬很生氣，可她沒表現出來，只是一個勁兒說男人好，給女孩看他們以前寫的情書呀送的小禮物呀什麼的，女孩笑著說，那他又喜歡上了別人你怎麼辦呀。小馬說不會的，我對我男人還不自信嗎？說這話時她差點兒哭了起來，有些悲壯之感。女孩又說了些別的什麼，就走出了他們家。

女孩退了出來。

女孩後來還到她們家玩過幾回，女孩有回對小馬說，你男人是個有責任心的人。女孩還說了別的什麼，小馬對女孩很感激，要不是她退出來，說不定這個家就破碎了。後來女孩有機會出了國，就在那裡定居了下來，每年的耶誕節呀元旦呀，小馬都會收到她寄來的賀卡。聽說，女孩找了個老外，生活的很好。

經過這次意外事件之後，小馬就更加熱愛男人了。她從來不提這事，男人也就不說，他們相處的十分好。有時兒子半夜裡忽然被驚醒，小馬不得不提醒男人要注意影響啊，逗得男人笑個不止。兒子醒了，撒過尿之後又睡著了。

5

現在，他們過得很平淡，男人也從阿朱變成了朱老爺子，小馬也變成了老馬了。雖然男人仍叫她小馬，可還是抵擋不住歲月的滄桑。兒子也工作幾個年頭了，婚事雖然還沒著落，成了他們唯一的心病之外，就沒什麼可擔心的了。老馬從夢中醒來，她叫老頭子，男人應了一聲，她就又睡著了。許多個這樣的夜晚就那麼過去了，老馬卻是有些滄桑了。

星期天，老頭來了興致，要到天府廣場去看看。老馬這才記起有好多年沒到那裡去了。她還記得那年在天府廣場和男人擁抱在一起的事。他們坐上公交車後，年輕的女孩、男孩就紛紛給他們讓座，可誰知道他們居然坐錯了方向。於是，他們又換了車，到了天府廣場，老頭才知道成都的變化有多麼大了。真的漂亮起來了。

毛澤東還是站在那裡，手伸向前方，不知道為多少人找到了幸福的方向呢？

他對老馬說。老馬有些激動了，她讓老頭再抱她一下，老頭說那多不好啊。老馬就不願意了。老頭就抱了一下。老頭說，不如當年了啊。毛澤東依然微笑著看他們。老頭說，他老人家才是真正的人民公務員吶。

小馬，我們沒事就到這裡來坐一下吧。老頭說著，就坐在了一把椅子上了。老頭子，你還有哪個興趣嗎？老馬笑著問，現在的女孩穿的、長的可都越來越好看了。

這時，老頭就看見唐唐跟老伴也在這裡散步，他們就討論起了家長里短的事，後來他們又遇見了一些熟人，好像大家都喜歡到這裡來玩似的。誰知道是怎麼回事呢？老頭說著說著就激動起來。唐唐他們坐了許久，又走了。

老馬忽然看見兒子朱小豆和幾個女孩子待在一起，他們說著說著，很開心，她給老頭說了一聲，這時，她看見女孩們把兒子圍在一起他們照起相來了。女孩們做著各種姿勢，然後，她們把朱小豆抬了起來，拋在半空，很快又接住了，她們高呼：朱小豆萬歲！

老馬看著看著，不覺得就回憶起了從前，老頭說了一句什麼，她沒有聽清楚，就問了一句，老頭又說了一遍。然後，她再去看兒子時，已不見了兒子的蹤影。

他們在天府廣場待了許久。後來，天色有些晚了，他們才又坐車回到家裡，兒子仍然沒有回來。老馬不滿地說，老頭子，你就這樣任兒子這樣發展下去。老頭說，甭管他，他自有安排。我們還有自己的事呢？老馬對老頭的這番回答雖然不滿意，可她又不知兒子該怎樣做才會更好。一時，她什麼都說不出來了。

夜晚，很靜。老馬坐在電視前看電視連續劇，不知怎麼就激動的哭了起來，起初聲音很小，後來就漸漸地大了，老頭則坐在她的旁邊睡著了。她看了一眼，止住了哭。就拿出毛毯來蓋在老頭的身上，老頭呼吸均勻而美妙。老馬看完了一個節目就又換了一個頻道，很沒意思的娛樂，她就喊老頭上床睡覺，老頭迷迷糊糊的應了一聲：哦。

成都的夜晚是那麼的美好啊。

雙城記

1

杭州的街道是怎樣的呢？蘇眉在杭州住了許多年，當朋友問到她時，她說不出一個所以然來。這並不奇怪，外地人到杭州都喜歡往西湖跑，或者為白娘子而來，很少有人注意到這裡的街道。所以在蘇眉皺著眉頭回答不出來的時候，朋友反而不會笑她。我們覺得那樣對蘇眉這個漂亮的女孩來說太殘酷了，我們只會善意地笑笑，表示理解，除此之外我們還能做什麼呢？杭州是那麼遙遠，對我們來說，只能是想像之城。

2

蘇眉是個很漂亮的女孩子，剛才我已經說過。怎麼個漂亮法，若用沉魚落雁之容或者增之一分太長減一分又太短的標準來形容則肯定是失之偏頗。那已經是古人的標準了，我們的蘇眉則是一個現代女子啊。當然要用現在的眼光看。蘇眉是漂亮，蘇眉無論是濃妝淡抹還是素面朝天都好看，就是看了讓人心裡不生厭而滿心舒坦，那一口吳儂軟語來得更是比成都話好聽，這也是在朋友圈中活躍著的因由，你沒法拒絕和這樣的女孩交流。所以，我們看見蘇眉即使是在陰鬱的日子裡也是陽光燦爛。

3

那天，蘇眉說她到成都來，我還不大相信，江南水鄉那麼好，那麼滋潤的水土她捨得離開？蘇眉在電話中說，我已定了飛機票了。好半天，我才醒過神來。那時，我還不認識蘇眉這個人，只是在網上晃來晃去的，就見了蘇眉。蘇眉後來就說了來成都的事。我把這事告訴給幾個哥們，他們也覺得驚奇，也許這裡面有段故事也未可知，大家猜測著，我覺得很是幸福，有朋友自杭州來，的確是值得高興的事了，且是美女（這詞不確切，可我一時找不到更好的詞了），打從杭州來的美女，想像吧，是誰都高興的事呵。那天，我給朋友都打了電話，仍抑制不住內心的激動，這太突然了。

4

蘇眉到的那天，成都這個陰雨的城市突然放晴了，讓我有點不大習慣。雖然事先我不認識蘇眉，可我還是很快認出了她，因為坐這個航班的要不成雙成對，要麼單身男的，要麼老頭老太太的，這讓我省出了許多麻煩，想起剛才的擔憂我又笑了，我怕認錯了人，還怕最後沒接著蘇眉，可飛機一落地，我就看見蘇眉了。我喊蘇眉，蘇眉。蘇眉就走過來了。我的眼前一亮，沒有寒暄，我讓她休息了一下，然後拖著行李回成都了，雙流機場在背後漸去漸遠，蘇眉說，成都不錯嘛。我說，是啊是啊。我把蘇眉安頓了下來，然後又去上班了，順便跟頭請兩天假，然後就跟哥們挨個打電話，沒活動的都到我那，慶祝蘇眉的到來。

5

蘇眉說，你的朋友真熱情。一下子就來了七八位。他們是慕名而來的，他們都是沒有到過杭州的，都聽說杭州美女如雲什麼的才過來的，不過，那天沒人這麼說，我這幫哥們心裡雖然很俗，表現出來的絕對不俗，所以蘇眉說他們「真熱情」。蘇眉很快發現成都是個很閒適的城市，於是就喜歡上了。蘇眉說，我要在這待上幾年再回去，這麼好的城市啊。於是，蘇眉就決定去找事做，我陪她去了人才市場，見到一個私營廠長，他說最近他剛加入中國共產黨，也就是說是黨員，企業是沒有問題的，並且準備上市。我仔細一看他們的資料，禁不住笑了，他說的不是上到證券交易所上去，而是推到市場上，這不是一回事嘛。我們笑著走開了，又看見一家公司，老闆一見蘇眉，什麼也沒問就說你被錄取了，條件很優厚，第二天就可以上班，而後留下了他的手機號碼。這成嗎？蘇眉問我。我說不行啊，蘇眉事後問我怎麼了。我說你看不到他色瞇瞇的嗎？頭一回去，就這樣出來了，接下來又去了幾天，依然沒戲。後來，還是一個哥們幫了忙，進到一家企業，蘇眉高興的不得了，她說，我一定幹出成績來，讓你看看怎麼樣。

6

前幾天，我一直有事沒能閒下來，也沒去看蘇眉，電話也沒有打，不知道她在忙什麼。我去找她，蘇眉就說，我們受到的剝削可真厲害。我就說，那兒存在什麼剝削呢？蘇眉說，只不過是剝削的程度不同罷了。我反駁了一句，她居然說的更頭頭是道。最後我說就算你說的對吧，我們吃飯去。但是，吃飯時，她又說男人女人壓迫的事情。其實這事兒討論多了，只是浪費口舌，永遠不會有結果，所以我只好閉口不談，讓她隨意說去。吃完飯，我們就到她那裡，說說笑笑，盡歡而散。

7

蘇眉說，男人有錢就變壞。所以古人說錢是阿堵物。佛家說，利慾薰心也是這個道理。男人應該沒錢，都是窮光蛋，女人再醜的男人也準會要。我抗議。蘇眉又說，錢雖然不是個好東西，但沒有它再好的感情也合不來，沒有經濟來做基礎，萬丈高樓會陷於一瞬的。這當然是她的一時興起，我不當一回事。這話說一千道一萬，還會怎麼樣呢？就好像兩個人吵架，永遠沒有贏家，也沒有輸家，半斤八兩罷了。

8

蘇眉說，要自尊就沒有錢，要錢就沒有自尊。蘇州杭州的美女呢？卻是一個例外。所以許多人見了蘇杭的美女就驚詫，但主要不是基於美麗這個詞的，而是其他方面，比如理性的，比如心靈的，都很好，幾乎讓人沒法形容。蘇眉這麼說時面帶微笑，但她又強調了一句：我就是典型。我從沙發上跌落下來。這可不是我的神經有問題，而是遇到了這樣自戀的人總會有不良反應的。

9

在我們看來，初戀總是十分美好的，無論結果是怎樣。蘇眉說，以前我喜歡上一個男孩子，就不點名了。我們相處的很好，倆人經常見面，有說不完的話兒，但我們誰也不碰誰，不像現在的一些人，一見就咬一口，那時，他不牽我的手，我也不撒嬌非讓他牽不可，反正是順其自然吧。後來，當然是沒戲了。現在想起當時的事，還是忍不住笑自己傻。什麼純潔性啊，簡直是害人不淺，當時我們卻這樣，你說好笑不好笑。蘇眉見我沒回答，就說，現在我再也不會這樣了。

10

接下來，我告訴蘇眉，在二〇〇〇年的時候，我們單位有個女孩喜歡上了我，愛得不得了，我不想那麼早耍朋友（新世紀的第一年啊）。女孩說，要不，我們就好那麼一段時間，我願為你生個兒子，不用你問，等兒子長大了你們父子可以榮歸故里。我硬是沒同意。女孩跟國父有點關係，我怕別人說我是投機革命。國父我是很尊敬的，我相信他在九泉之下看著這一幕了。女孩後來很傷心，說我是性無能。蘇眉聽後分析說，女孩的確很愛你，你不來電所以你們的愛情就沒有顯示出來。不過，你是幸運的，女孩也是幸運的。我問怎麼解釋。蘇眉說，萬一你真同意了，她給你生個兒子，自個兒養活，多辛苦呢。女孩對男人不應亂承諾。我笑不出來了，怎麼會這樣呢。天知道。

11

五月，我一直在忙著西博會的事，蘇眉幾次給我打電話讓到她那去玩。我走不開，蘇眉就生氣地說：朱曉劍，你再這樣，就見不到我了。我說有空就去看你，聽話呢。這時，幾個官員把我盯著了，我只好關了電話。然後出來，我就忙打電話過去，蘇眉的手機一直關機。我怕出事兒，打到公司去，說是沒來上班。我慌了，怎麼能說生氣就生氣呢？我去找她，住處沒人。我到她經常出沒的地方也沒人，折騰了大半夜也沒見著蘇眉，我只好垂頭喪氣地回家了。老遠就隱隱約約的看到門口坐著一個人。門口的燈光不太亮，我以為是壞人，就順手拿了根棍子過去了。走近了才發現是蘇眉。蘇眉睡著了，我也累的不行，又不想驚動她，就坐在了她的旁邊，不覺間也睡著了。不知怎麼回事就做了個夢。蘇眉說什麼，她就拍了我一下肩膀。醒來。卻沒見了蘇眉。也許這壓根兒就是個夢，可那一切卻是那麼真實。我迷糊了，不知這到底是預示著什麼。

12

經歷了這事，我給蘇眉打電話，蘇眉說什麼了？什麼都沒說，要麼是手機關機要麼就是不接電話。我這才曉得杭州的女孩是有些脾氣的。我就主動去負荊請罪。蘇眉乾脆來個閉門不見。沒法。向哥們求救我該怎麼做啊。哥們說，雖然你們是一般的朋友，可人家是看在你的面子上才到成都來的，你不能坐視不管，萬一她有個好歹，蘇眉的老爸老媽還不是拿你是問。聽他這麼一說卻給我嚇壞了。我說那我該怎麼辦呢？你就守著她什麼也別做，她到哪你到哪。所謂精誠所致，金石為開。那麼上廁所我也跟著嗎？她洗澡我也看著。不行不行，你守著她不是叫你這麼著，就是她說什麼你的不是，你都笑著接受，讓她覺得過意不去就行了。

13

於是，我就照著哥們的話去做，蘇眉上班，我待在她們公司外面，有好幾回，她們公司的人問我，你找誰？我說，我不找誰。後來問的多了，我就說找唐唐，他們說唐唐出差去了。我不說找蘇眉，我一說找蘇眉他們肯定說我有病，幹嘛不進去找呢。蘇眉裝著沒看見我，我知道她很想看我，但礙於情面故意這樣。我站在她們公司外面已經兩天了，結果驚動了她們老總，老總找我問話，我不得不亮出記者證，他問我想幹什麼。我說我不是壞你的事，我仍然不願說是找蘇眉。老總說他們想宣傳一下企業形象。好啊，這事好辦。我說。這麼，我就有理由進出她們公司了。蘇眉還是裝著沒看見我。蘇眉下班回去從公交車前門上車，我從後門上車。然後蘇眉又從前門下車，我從後門下車。蘇眉把門打開，然後又關上，我跟過來，就坐在她的門外。居委會的老太太見我一連幾天都這樣，就懷疑我是剛從外地流落到這裡的「乞丐」。她們問我話，你是幹嘛的啊，是不是需要救助啊。我都搖搖頭，當然不說找蘇眉。老太太們都很精明，三問兩問的，差點兒露了餡。她們就把「一一〇」叫來，「一一〇」剛好同我認識，以前我去過他們那裡採訪，一見就沒事了，他們反倒怪老太太「謊報軍情」，老太太說這是對人民的生命財產安全負責。「一一〇」走了，我就坐在蘇眉的門口。

14

我坐在蘇眉的門外，蘇眉在屋裡不出來。有天晚上，我坐在那裡不覺間就睡著哩。那天的夜裡起初有些天陰，後來不知道什麼時候落了雨。蘇眉第二天看見我依然坐在門口，衣服上、臉上都髒得一團糟，我仍在睡覺。蘇眉把我叫醒，我這才知道昨天夜裡下了雨。太陽現在又升起來了，照在我的臉上、身上，也照在蘇眉的臉上和身上。我說沒事沒事。這時，我看見蘇眉臉上滾下來一些液體，我說你上班去吧。蘇眉說那你洗個澡，休息一下吧。我說那怎麼行呢？我站在那裡，忽然一陣頭暈目眩。我忙蹲下來，還是摔倒在了地上。蘇眉忙去扶我。我嘴裡仍在說我還是回去算了，我還是回去算了……後來就什麼都不記得了。我以為再也見不著蘇眉了。醒來，蘇眉就坐在我的床頭，我笑了，蘇眉也笑了，很曖昧。

15

蘇眉說，我認識一個女孩，她認識的男孩認識的只有兩種方法：要麼是在路上，要麼是在床上。蘇眉說我聽到這話時覺得震驚，那個女孩只有十九歲啊。

16

蘇眉說，我要回杭州了。蘇眉說，我會一輩子記住你的。蘇眉說，我想回家了。蘇眉說，其實，你何必這樣呢？我不明白她的話的意思。蘇眉說，我真的要回去了。這話她好像說了幾次。開始時我沒在意，後來她又重複了好多次，我就問她什麼時候走。其實我聽說她走時我就很憂鬱了，像她這樣的朋友一輩子能遇到幾個呢？儘管我知道這個，還是沒更多的表示，我覺得還沒到那個份上。蘇眉說，我要回家了。

17

蘇眉說，我真的要回去了。唐唐那天跟我一塊在酒吧喝酒，我提起了這事。唐唐說他沒聽說蘇眉要走，蘇眉工作的很好呀，和同事又合得來，工資不低，照他看來，這樣的狀態怎麼會走呢？我說她給我說了好多次了。唐唐問我有多少次了。我說有七八百次了吧。唐唐跟我碰杯了之後把酒一飲而盡，然後他說女孩的心事你別猜。我知道是這個理兒，還是想不明白。唐唐說自討苦吃呐。蘇眉說什麼就是什麼吧，我也不想理解了。蘇眉見了我還是挺熱情的，這就夠了。

18

好像我說過，杭州的女孩與別處的不一樣。蘇眉當然也是個例外。星期天，我到蘇眉那去。蘇眉一見我就說，我真的要回去了。我笑笑，表示知道了。我不再問她什麼時候回去的話。我說你越來越好看了。蘇眉笑著說是嗎。我現在說女孩漂亮我從不說誰誰漂亮，也不說誰誰性感，而只是說好看，好看就會讓人覺得心裡舒坦。我說蘇眉你越來越好看了。這是實話，雖然說這之前的蘇眉也很好看，但與現在相比是有些微差別的。蘇眉好像聽慣了男孩的這類話。我們坐著，喝咖啡，一會兒蘇眉媽打電話過來，問那個朱曉劍在嗎，蘇眉把電話給了我，我聽不太清楚杭州話。我只是不住地「哎」，這樣之後，蘇眉就又接過電話，她們母女又說了起來。完了，蘇眉說我媽說她把我交給你了，我嚇了一跳。

19

蘇眉說我媽她把我交給你了。我嚇了一跳，咖啡從杯子裡濺出來。蘇眉說著就忍不住笑了。蘇眉說我媽的意思是讓你好好照顧我。我這才平靜下來。我望著蘇眉，沒說話。蘇眉說愛情是一種病，很流行。我聽著。蘇眉說所以我們傷心都是自找的。喝完咖啡，我們去逛逛街。我不大習慣。蘇眉說不會逛街的男人不是好男人。我怕她說出更難聽的話來，就裝著習以為常的樣子。陪著她走在街上，陽光暖暖地灑在我們身上，有一種幸福的味道在。

沒問題

0

江雪在屋子裡走來走去，她拿不定主意是否該到父母家去。江雪說，你不去了，行嗎？我坐在沙發裡沒動，看了看她。江雪的爸媽對我越來越不滿意了。有回，我跟江雪過去，老太太說，唉，我們江家上輩子作了什麼孽，找到一個這樣的女婿？當時，我聽到這話很生氣，想質問一下，可我知道，這樣一來，事情就會鬧大，老太太尋死覓活的，我更擔待不起了。老太太說，怎麼著都叫朱動過來一趟。江雪想不出什麼辦法阻止我的過去，又不讓他們懷疑。其實，我還真不想過去了。

他們的批評教育讓我受夠了。但是，我又不樂意讓江雪為難，與其讓她為難，倒不如我去了。後來，我說，還是去吧，他們能吃了我嗎？江雪說，只好如此了。到那小心點就是了。

我們開始收拾房間，以及準備給他們捎的東西。老太太還不滿意。我真的沒轍了。我對我的爸媽也沒有如此熱心過，哪怕是逢年過節到我爸媽那裡去。我媽說，到他們家要好好聽他們的話。這話讓我哭笑不得。現在，我不敢想像我家裡知道這事，他們又會作什麼感想。

走在路上，江雪仍不住地叮囑我說，他們不管說好說歹，你別往心裡去，他們就是那樣的人，我對你好不就成了嗎？當然，江雪對我真是太好了，要不是這，我想我要會做江家的女婿才是怪事呢！江雪說，吃完飯，咱們就回來。我點了點頭。江雪的神情仍是憂鬱的，我寬慰她說，嗨！你還真當成事兒了。江雪笑笑說，我怕你想不開呢？

1

天昏沉沉的。好像要下雨的樣子，我感到有些鬱悶。想像自己竟然如此的狼狽，是頗不快的事情。毫無疑問，我是愛著江雪的，她也愛我。本來這應該是很幸福的，但現在我們完全體會不到了。那天，江雪她媽打電話過來。我說，江雪出去了，一會就回來。她就說，你怎麼不去？讓江雪出去，然後不由分說、很生氣地掛了電話。這樣的事情發生過N次了。他們總以為我是在虐待江雪。

菊樂路上開了幾家髮廊，那兒的女孩不錯。我上班下班就從那兒經過，有時我會望幾眼過去，她們就熱情地喊，拋媚眼什麼的，弄得我不好意思起來，很狼狽地逃走。

然後，我回到了雙楠小區。江雪還沒有回來，到家之後，我想要不要去接她，我記得早上出門時好像沒帶雨具，萬一下了雨呢？她會不會坐公交車回來？我給她的辦公室打電話，一直沒人接。於是，我便出來，帶著雨具，沿著她上班的路線找她。走到鹽市口時，仍然沒有見到江雪，我有點急了。一般地說，像六點三十分的時候，她至少該走到這兒了。我開始往回走，想著江雪幹什麼去了。早上出來的時候，她似乎也沒說下班之後去哪兒，我安慰自己說，也許江雪臨時有事了。

走在路上，我的肚子叫了起來，此時我才想起晚飯還沒吃的，要不要買些菜回來。然後我就看見了一家賣涼拌菜的店。於是，我向那店走去，買了半隻鴨子之後，我又往回走了。江雪到哪兒去了？首先我想到的是到她媽那去了。但立刻這個想法就被否定了，她會不會有外遇？這想法把我嚇了一跳。老實說，我從沒有想過這個問題。我又覺得這有點無恥，怎麼會無緣無故地懷疑起自己的妻子呢。雨開始下了。我顧不得那麼多，騎著自行車往家趕去。江雪或許已經回來了。

2

門開了。老太太說來了。我說，媽，爸沒在家嗎？她淡淡地說，在。江雪說，本來他今天有事來不了的，我說讓他不來了，朱動硬來了。老太太依然不鹹不淡地應了一句。我有點尷尬。老頭在看一份報紙，是天府早報。我說我一個同學在那當編輯。老頭說，是嗎？我說他叫戴新偉。老頭說，我知道，他弄得東西有深度，不像一般人呢，我就喜歡看他編的東西，要不，我才不會訂他們的報紙。老頭說話就這樣，我跟他聊幾句就覺得很沒意思了。

我閒著沒事，便去看電視。江雪被她媽叫到一邊去了，我懶得去理會他們的談話，可我看電視也不能盡心，因為老頭會問我一些問題，在他們家我的表現夠得上「三好青年」：不喝酒、不抽煙、不打麻將，因為他們一家討厭這個。老頭問我什麼，我都一一作答，儘管有些已經問過N次了，我還是耐心地回答，這讓老頭很滿意。

吃飯時間到了，照例是對我的「批判大會」，起初是和風細雨的，當然我表示出痛改前非的樣子，低頭認罪，低頭吃飯。沒想到老太太說，你這是負隅頑抗，死不認罪！江雪不住地喊「媽！媽！……」可老太太置之不理，還在說。老頭看不下去了：我看朱動還是有志青年。毛主席教導我們說，沒有調查就沒有發言權。你剛才說的你都調查了嗎？老太太聽他這麼說，便將矛頭指向了他，一會兒說你們是一個鼻孔出氣，一會兒說你們這是大男人主義，然後，憤而離開，我弄不明白這是怎麼回事了。江雪忙去勸媽，我怔在那裡。老頭說，吃菜呀，沒事兒，這麼好的菜不吃真是可惜了。我便吃起來。

一頓飯就這麼結束了。吃完了，江雪又去勸了媽幾句，把碗洗了，我們就按計劃回了。

3

我回到家裡，仍然沒有見江雪回來。我想不出她到哪兒去了。然後，我在房間裡走來走去，心神不寧，不回來也該打個電話啊。此時，我又想起一個哥們的話：小心你老婆，成都女人有好多有情人的。當時我笑笑，表示完全對江雪放心。但此時想起這些，心裡就有點怪怪的。

給他們家打電話，問一下吧。但又害怕老太太的「無理」。後來，我便自己先吃東西了。第一次和江雪分開，沒有聯繫。我想，可能是我多慮了。

後來，我竟然迷迷糊糊地睡著了。

江雪回來時，已經八點鐘了。衣服濕了。我問她到哪兒去了。她說，外面的雨下得好大，然後又說，我在好又多買東西出來時，雨就下了起來。我以為你也該沒回來，就沒有打電話。我想了一下，沒發現什麼破綻，江雪就去換衣服去了。

我說，吃什麼啊？她說，你說呢？我說，我已經吃過了，我以為你到你媽那去了。江雪換過衣服，出來，說，我吃麵吧。我去看電視，電視也沒什麼好節目了，這讓我感到些許無聊，我便跑去看江雪煮麵。

她的頭髮濕了。我說，你怎麼沒把頭髮擦乾？江雪笑笑說，我餓壞了。我說，我回來後沒見你回來，就騎自行車去接你，你單位也沒人。我走到鹽市口沒見著你，我又回來了。江雪說，那時我正在好又多買東西。我說，我吃了點東西便睡著了。

4

臨睡的時候，江雪拿出一包內褲出來，說，你試試，我覺得蠻好的。我說，我的內褲好著呢。江雪說，你試試嘛，看看合適不合適。我說，你買的東西還能不合適。然後我把身上的脫下來，換上新的。她說，還真是蠻性感的。

我躺了下來。我跟江雪進行了一場對話。

雪雪，你愛我嗎？

愛。

以前還是現在？

都一樣，你問這個幹嘛？

我想知道你的真心話。

江雪睜大眼睛望著我，好像不認識似的。你這話是什麼意思？

沒什麼意思。我就想聽你這話。

是嗎？

雪雪，你說我們會一輩子這麼愛著嗎？

怎麼不會呢？

我不知道，才問你。

江雪沉默了一陣，說，睡吧。明天還要上班，這幾天累壞啦。

我睡不著，便碰碰江雪。她說，我很累了。明天吧。好嗎？

我不挨著你，就睡不著。我說。

已經十點了。外面的雨又「嘩嘩」地下了起來。我問自己，我們之間是沒什麼問題吧。我不敢確定，亦睡不著，想的更多了。

5

回到家。我說，你媽也真是的，怎麼就看我不順眼呢？我怎麼惹了她。江雪將雙手環在我脖子上，在我臉上「啄」個不停，然後說，我媽真是太可憐了。我問為什麼。她要跟我爸離婚了。你媽也真是的，趕什麼時髦呀，都一大把年紀了，還離什麼婚？我真的不明白他們了。

我問江雪他們發生了什麼事。

前幾天，我媽就感覺到我爸不對頭了，他出去回來之後，說不到三句話。以前，我爸不是這樣的。她就不放心，跟蹤了他幾回。結果他跟一個老太太來往密切，有說有笑的不說，而且舉止親密，那老太太比我媽年輕一些。有天，我媽問他這事，他矢口否認，說怎麼會有這種事。

是不是真有這事？我覺得不大可能，若是年輕的話倒也是有可能的，但他們年紀不小了，會有這種事，確實是值得讓人懷疑的了。

媽已經鐵了心要離婚了。

看來，她對我生氣、發火是有一定原因的了，至少她在我身上看到了老頭的影子，所以才這樣的。這樣想著，我便對她又充滿了同情。但江雪搖了搖頭。

他們的路，要他們去走。我相信他們會做好的，不用咱們操心。
是呵，不用你操心，那不是你爸你媽。
你能起什麼作用？不添亂就夠好的啦。
我知道你是怎麼想的，巴不得他們離婚呢？你就有好戲看了。
嗨！你說的什麼話，我會是這樣的人嗎？
然後，我將江雪攬在懷裡，說，我們要好好地過自己的日子，不管別人怎麼看，怎麼說。

6

雙楠發生了一起凶殺案，一個在成都安家落戶的男子讓其妻子的娘家人活活殺死了。因為他們看不慣他這個外地佬，何況他做的事總讓他們感到莫名其妙，後來，他們終於忍無可忍地把他殺了。

我是在報上讀到這條新聞的。當然，我看了之後就把這告訴給了江雪。她說她也是剛剛看到。我說，你們家不會把我也殺了吧。你瞎說什麼啊，誰會殺你呢？人家還怕弄髒了手啦。這是玩笑話，但我想不管會不會發生，我還是及早預防一下為好，否則，江雪就成了謀害親夫了，那時，將是多麼可悲的事啊。

一連幾天，我都在想著這條新聞，隱隱覺得這事情也可能發生在我身上，但這是不是第六感我不知道，為了以防萬一，我得想出些辦法來對付這種緊急事件。當然，這一切我要偷偷進行，避過江雪。這樣或許能做到萬無一失。

有天夜裡，我居然夢見了這事。還好。總算是死裡逃生，他們追了出來，幸好有「一一〇」在附近巡邏，我一下子就醒了。江雪也醒了，她說，你怎麼啦？我說做噩夢了，有人要殺我。她說，你又沒幹什麼壞事，人家為啥要殺你？我不記得了。說著我便緊緊地將江雪擁在懷裡，似乎怕輕易地失去了她。

接著我怎麼也睡不著了，我便起來，去找了本書讀。找來找去也沒找到什麼書要讀，我又疲憊地回到床上，江雪在我的旁邊安然入睡。

辦公室裡很安靜。小魚翻著報紙。她是剛招進來的女孩子。當時在人才市場我第一眼望見她，就想起了我的初戀情人小嬋。當時我就決定錄用她了。那時，除了覺得她們相像之外，感覺她無論從氣質上還是語言上都十分相像。當然除了我之外誰也不知道這回事。

我對小魚說，我要出去一下，有電話找我的話。就讓他們打小靈通吧。我說過之後，看見小魚笑著，說好。便走出了辦公室。其實我也沒什麼事，走在街上，想不起要到哪兒去。後來便決定到大慈寺去喝茶。

7

以前，我經常和朋友在大慈寺喝茶、聊天。後來，大家都在忙著各自的事業，就很少去喝茶、聊天了。我忽然懷想起那段時光來了。

大慈寺不是寺廟了，現在叫成都市博物館，旁邊有塊銅牌，上面寫著：愛國教育基地。現在這裡完全變成了茶館，少不了打麻將的。我徑直來到院子的最裡層，以前我們就愛在這喝茶的。我找了個位置坐下來，要了三塊錢一杯的茶。然後想打發這餘下的時間。於是，我給幾個哥們打電話，他們要麼在忙著，要麼在出差，我掛了電話，覺得他們夠辛苦的，這麼熱的天，居然還在忙活著。

此時，我忽然看見江雪的爸爸和一個女子走了進來，他們邊走邊說，看上去很是高興。我轉過身去，怕他認不出我來。果然，他們是來喝茶的。我時不時偷偷地朝他們那邊望過去，那女子年紀不少了，不會比江雪媽小多少，還算過得去。也許他們沒什麼，只是多年的老友而已。我這樣為他們開脫著想。

時間過得很快，眨眼就到中午了。小魚打電話過來，說有個女孩找我，挺漂亮的。我問她是誰。小魚說我問了，她沒說。我皺了下眉，說，我一會就回來。

走在路上，我仍然在想，會是誰這時來找我啊。想了一陣，仍然沒有想出來。回到辦公室，哪有什麼女孩的影子。小魚說，她一生氣就走了。我說她沒告訴你她是誰嗎？沒有啊，她使勁地搖搖頭說。我想，這個女孩肯定還會跟我聯繫的。

8

江雪說到她爸媽那邊去，我不想去。因為我實在不願看見她媽的眼神，但我還是跟著她去了。老太太的眼圈有點發黑，見了我不冷不熱的。老頭仍在看報。我翻了一下報紙。老頭說，你同學編得東西真是太好了。我記得有一篇文章說，你幸福嗎？現在許多人生活得看上去很幸福，實際上很不幸。我從這篇文章受到了許多啟發，我沒問他原因，似明白不明白地應著。老頭說著，又埋下頭去看報。

這回，我想起那個凶殺案來，便打量他們的家裡，注意有些什麼東西可作防身武器，同時留意他們家的菜刀呀什麼的放在哪裡。這樣，我覺得萬無一失了，只要江雪不上場，他們兩個老東西我完全應付的了。但他們會不會雇凶殺人呢？我並沒考慮這一點。這樣想著我又害怕起來了。吃飯時，我又想起孫二娘開店時用蒙汗藥的事來了，便藉口先上廁所。他們已經開始吃了。我仍然不大放心，他們不動的菜，我堅決不去吃，這樣一頓飯弄得我提心吊膽的就不提了。

吃完飯，我不等江雪說等一下再走的話說出來，便早早離開。回到家裡我才覺得安全的多了。

這事看上去不那麼靠譜，可卻讓我覺得這個世道，人都俗得不得了，嘴上說的好聽，卻也未必靠譜，一切就看利益何在，這樣想的時候，我都覺得自己什麼時候也變成這樣的人了。不過，對江雪她們家來說，雖然表面上風平浪靜，但也許暗潮洶湧，也許是小說看多了的緣故，但總是令人忍不住這樣想。

9

江雪回來說，他們不離婚。我舒了一口氣，但隨即又緊張起來，他們這是要一致對外呢？還是……我說，前兩天，我見到你爸和那女的了，親熱得不得了，江雪睜大了眼說，你沒發現有什麼不良行為吧。我說，我走得早，後來的事情就不清楚了。江雪立馬打電話向她媽報告這一最新情報。

我坐在沙發裡，偷著樂，你們的力量徹底瓦解了，我就安全了。忽然我明白了布希為何向伊拉克宣戰，但現在呢？戰爭結束了，未來卻是可以預期的。我想，也許我們該到另外一個城市去發展了，這樣提心吊膽的總也不好。但我不願去想我們的未來。

轉眼跟江雪已經結婚了五年，我們過得夠好的了。她爸和她媽在離婚的問題上仍然沒達成一致的意見。想起這些，我感到安全暫時才有了些保障。

有一搭沒一搭

1

趙二在街上閒走的時候。聽到有人叫他的名字，他回頭就看見了姚陽。他一下子沒把她認出來，陽光點點滴滴地撒下來，人影都變得有些斑駁了。

最近怎麼樣？姚陽問他。

他還沒反應過來，好像想起了什麼，又好像什麼都沒想起來，一時眉頭緊鎖。姚陽看到他這樣，就又笑著問了一句。

老樣子。趙二說這話時就想起了上次見面的事情，那次，他們為了件事，兩人爭吵的很厲害。誰也不服誰，說到最後就各自走了。

姚陽穿得有些陽光，連人都顯得成熟得多了。他們相處了很長一段時間，雖然是網路認識的，兩人卻氣味相投，但後來，兩人就不耐煩了，各自說話都顯現出了裂痕，甚至於在吃飯的時候，趙二也會發愣，這是不是自己要找的人呢？姚陽倒是什麼都沒說，很安靜的樣子，其實，兩人都有些心知肚明。

有風吹過來。兩人就在街上站了一陣，找不到更合適的話說。街上很安靜，遠遠的有個人走過來。趙二說，你怎麼樣？

還能咋樣？姚陽回了一句。她看了看趙二，趙二的臉上看不出驚喜的表情，甚至於說，他對兩個人的再次相遇都有些茫然，在網路上，兩個人見了都不說話，就那樣一直線上，似乎都在等對方開口，也沒誰說話，好像這也是一種相守。

走吧。姚陽說。

嗯。趙二想說點什麼，一時又沒有理由。他努力地在大腦裡搜索，但似乎系統一時負載太重，沒有更合適的詞語能表達他的想法。在網上，他可不是這樣的，活躍，女粉絲對他都很熱情，姚陽那時候也是這樣，就經常開玩笑，然後見面，也說不上是一見鍾情，見了幾次，就來往了。

現在想起這些，姚陽有點擔心是不是過於熱情，讓趙二不知所措。她想說點什麼，也沒合適的詞，就慢慢地走路。

有那麼一次，兩個人在酒吧喝酒、瘋玩，姚陽喝得二麻二麻的，差不多要胡言亂語了，趙二也沒認真聽，只一個勁地說好好，後來散了的時候，趙二送姚陽回家，路不是很遠，姚陽讓他背著，他背著她走了一段。那時，他想起了黃昏時分，兩個人就這樣走路。趙二一時有點恍惚，似乎是夢境，又似乎是現實中的場景。趙二一直沒怎麼說話，都是姚陽再說。

他們相處的那段時間，周圍的朋友就笑他倆，趙二，你的話越來越少了，是不是都讓姚陽說完了。趙二聽這話只是笑，喝茶或喝酒，姚陽卻說，你可真不知道，他的內心可複雜了，猜不透呀。朋友就笑，他們在這般的聊天中也會互相不經意的看一眼，那是會心的。

趙二說，我們……欲言又止。姚陽說，好久沒見小白了，她好像喜歡上了小黑，可真是一對兒。

可不是。趙二說，人家都快扯證了。

時間過得真快，他們有很長一段時間了吧，姚陽說。

是啊，這事開始大家都不知道的。趙二說完，姚陽又扯起上次網友聚會的事，趙二有些著急，兩個人見面了，應該有許多話要說，可兩人偏偏說著不相干的事，但趙二還是沒表現出來，他想姚陽會不經意地扯到這上面來。

趙二的鞋帶有些鬆了。他彎下腰去繫鞋帶。姚陽也停了下來，等他。趙二看了看姚陽，姚陽偷偷地拿眼瞄了一下，似乎不經心的，也許是習慣了，兩人目光相對，隨後又離開了。他終於想明白了。繫好鞋帶，他走了兩步，趕上來。

有一個少年騎著自行車，飛快的從他們身邊穿過，把姚陽嚇了一跳，趙二看了看她，沒有說話。

後來，他們走到了路的盡頭，再往前走，就是通向郊外的路了，趙二探尋似的說，好久沒一起吃個飯？

事情太多了，就怕沒時間。姚陽說，其實她想說的是，今天，正好呀。但她覺得這樣一來就是向趙二投降了，這些天的努力就白費了。

兩個人站住，趙二說，那改天吧。

姚陽的內心有一點點的失落。此時，她的電話響了起來，她沒接，就說，我先走了。他們沒有握手，也沒有擁抱，甚至連一個手勢都沒有打出來。

2

有那麼一段時間，趙二幾乎忘記了姚陽的存在。也不是完全的忘記，只是偶爾在心底想起來，也僅僅是想想就算了。他換了工作，也換了住址，對他來說，在這個城市固然都很不錯，但要是說安定，對他來說，還是蠻困難的一件事。他想與姚陽不會再相見了。

趙二很少再去混網路了，他也不去玩遊戲，更多的時間他花在了無所事事上，或者說他總覺得自己的生活應該更忙碌一點，積極向上一點。但他對這些都不怎麼上心，所以做事總是有一搭沒一搭的。

週末，照例是幾個朋友在九眼橋的酒吧裡喝酒、聊天。他們說，趙二，你真的放棄了姚陽？那麼好的女孩子，可真不好找。趙二說，喝酒喝酒，現在多自在呢？有了女朋友，生活可就複雜多了。大家也就不再說什麼。喝到後來，趙二的頭就有些大了，他給姚陽打一個電話，還沒撥出去，就又掛了。

姚陽，姚陽。趙二醉了。他記得好像有誰在電話中這樣說，他說，我沒事，再繼續喝嘛。

趙二，少喝點。他們說。

哎呀，你都要輕易醉倒了。有人說。

姚陽出現的時候，趙二就不知道怎麼回事了，等他醒來，在自己家裡，但頭天喝酒的事回憶到要打電話時就停止了，沒了下文，他再努力想想，可也沒想起來什麼，依稀記得有人送回家。頭依然有點痛，他想起了姚陽，但在房間裡並沒有姚陽的影子。

此時，電話響了起來。是姚陽打過來的，他想了想，才接電話。姚陽一副著急的樣子：你沒事吧，幹嘛喝那麼多的酒啊，又不是小孩子……。

他想說，謝謝。可姚陽一個勁地說，姚陽最後說，你早上還是吃點東西，要不，以後就不能再喝酒了。

趙二「嗯」了一聲。就又躺在了床上。他想這次應該說清楚一點，至少讓姚陽明白自己的意思。

撥通了電話，他說，陽陽，你來一下，我有話說。

什麼事？電話中說說不就完了。

還是當面說比較好一點，我怕電話裡說不清楚。

好，那我一會過來。姚陽猶豫了一下，還是答應了下來。

姚陽過來的時候，趙二卻又找不到更合適的話說了。或者說，他覺得跟姚陽在一起已經是過去了，要重新開始，還是蠻困難的事。至少是有一道裂痕在那兒，修復起來也是需要時間的嘛。趙二說，謝謝你，要不，我還不知道醉成什麼樣子的。姚陽說，知道就好。

姚陽坐了坐，就說，你最近很少上網呀。

事情多唄。趙二笑了笑，那表情有點苦澀。

那你忙吧。姚陽說，起身要走，趙二趕緊拉住了她的手，兩個人僵持了一下，沒再僵持了，姚陽走出了門口，門關上了。

3

幾年之後，趙二時常會回憶起諸如此類的場景，甚至於說，在他的記憶裡，所謂的愛情就是一種糾結，男女都不激烈了，也都是平淡的過下去，也沒什麼傳奇可言。趙二在這個城市生活了十多年，他想，未來正在為自己所改變，現在什麼都算有了，但似乎還缺失一點什麼。

他看看身邊的姚陽，他想起了那一次的爭吵。有天，他看見姚陽跟一個熟悉的網友走的很近，有說有笑，況且姚陽每次見他，沒說幾句話，就說很忙，時不時又電話打過來找她，她都躲到一邊去說了。他就以為她有了新人。在她這樣的女孩子眼裡，趙二確實沒多少特色，工作上不是中層，無車無房，之所以他們能在一起聊天，還真的是聊天，姚陽沒多想，來往的多了，才有了那麼一層意思。

趙二起床，去樓下跑步，順便買一些東西，等他回家，姚陽還在躺著。他沒去喊她，就獨自坐在客廳的沙發上，發呆。這眼前的一切跟幾年前相比，豐富了許多，但似乎依然有一種不真實的感覺。趙二想起在老家生活的父老，想起了許多年前的舊事，他不知道自己現在算不算成功了。他只知道，自從有了現在的生活，他每個月要償還月供，要支付這樣那樣的費用，經常覺得這樣的日子太緊張了，沒有舒緩的過程。

每天太陽照常升起，他看到了過去，卻看不到未來有多美好，或者說，現在的生活也未必是他想要的。他迷失在這個空間裡，看著人來人往，陌生的，熟悉的，但都是來去匆匆。他在發愣的時候，就聽見姚陽喊：趙二，趙二……

她還在繼續做著夢。

那夢裡是怎樣的景象？他從來沒走進去，也未曾知道，就好像他永遠不知道的許多事一樣，原本就在歲月的某個角落，只是不知道罷了。

耳鬢廝磨

1

纏綿！纏綿！

外面的雨一絲絲地下，滿城滿屋都是。我站在門廳裡，看著外面的雨，不由得一陣衝動來了。我想不明白這是怎麼回事，許多年前，我都忘記了自己還會有衝動這回事。我想大概是這樣的日子一直太平淡地過著，沒有什麼變化，儘管全國有許多人下崗或再就業，都好似跟我無關似的。

這個週末跟平常一樣，沒有約會，沒有心情，沒有……就那麼過去了。但是我有種預感要發生什麼事，但我想了半天，委實是一點頭緒也沒有，不想也罷，該來的終究會來的。如此這樣的想了一下，也就覺得自己無聊透頂。

百無聊賴的下午。

電話響了起來。已經有好長一段時間了，每個週末的下午的這個時候，三點，電話準時響起來。我不知道是誰打來的電話。儘管我仔細地搜索，都是不得而知，在電話中，對方什麼都不說，只是靜靜地，然後等待我的掛機。我想不出是誰這樣。我知道有些朋友喜歡搞一些惡作劇，可是沒有誰會這樣做。我為這事很是煩惱了一陣。我拿起了電話。沒有聲音。

我站在電話的旁邊，拿著話機，對方依然沒有說話。後來，也不知過了多久。我感到拿電話的手有些酸痛了，對方還是沒有說話。我想，我要支持不住了。

對方說，你好。是一位女孩子。

我沒有說話。

她說，你已經把我忘記了。

我沒有說話。我聽出來這是誰的聲音。

她說，從一開始我就知道會這樣的。

我說，抱歉，我不記得你說的是什麼事情。

她說，我不傷心你會這樣。我只是奇怪，男人都是這樣的動物嗎？

我說，也許我不認識你。

她說，是啊是啊。似乎有些不快。
我說，你是誰啊？
她說，何必問姓名呢？既然都已經忘記。
我說，我想你一定是誤會了。
她說，我希望是這樣。
我說，你為什麼要這樣。
她說，你為什麼要這樣。
忽然，我覺得大腦裡一片空白。不知道接下來該說什麼，然而這時她收線了。我望著電話發呆。外面的雨一絲絲地下，滿城滿屋都是。

2

空房子酒吧。我坐在吧台邊，要了一杯啤酒，慢慢地喝著，邊等著小開的到來。小開是我在以前喝酒的時候認識的，他喜歡喝酒，儘管生活有些不大如意，但這並沒有影響到他的酒性。有時，我們會在一起喝酒，我不知道他在做什麼事情，從來沒問過。一個傢伙唱著〈老鼠愛大米〉，我覺得厭煩透頂，也說不清楚是怎麼回事。在單位裡，我是個老好人，所以人緣不錯，平時也沒什麼愛好，就是偶爾出來喝酒什麼的。在單位沒人曉得我喜歡喝酒。

忽然，一個人喊我，我望過去，是阿衣，以前的一個朋友。阿衣說你變化挺大的啊。我說好久不見了。你還好嗎？不錯啊。她說，你還單身嗎？你嫁掉了嗎？這樣的胡亂的對話，倒是跟以前相差無幾。阿衣說，還是老樣子啊。還是老樣子啊。我重複了一句。她說怎麼今天一個人喝酒？我說，你也是。當然這話有些曖昧。怎麼著也就是那麼回事吧。她說。我一時不知道該說什麼。她說，你請我喝酒吧。我說，求之不得呀。

我要了一杯啤酒。阿衣挨著我坐下來。我說，工作換了嗎？不說了，一說就窩心呀。然後她又說，喝酒喝酒。後來，小開說一個女孩子纏上了他，走不開。我說，那你好好耍吧，我找你也沒什麼事，就是想喝喝酒。他說，那我們哥們改天再約。事情就這樣的打發了過去。

阿衣跟我以前在一個文化圈子裡混，也不是很鐵的那種，就是經常會在一些場合見面，吃吃飯，喝喝酒什麼的。現在，在眩暈的燈光下，阿衣看上去，美麗無比。是的，只有這個詞才能形容她。以前啊，是什麼樣子？我努力地想，卻什麼都想不起來了。我不由得感歎自己老了，喝不了幾杯酒就要去趟洗手間，記憶也大不如從前了。阿衣說來說去的，後來，我才明白了，她跟我一樣也脫離了那個傻B似的圈子，現在做著策劃的活路。

在那個圈子裡，大家個個都是老大，誰也看不上。聽誰說不高興的話，立馬過去滅誰，那時候我們都很年輕，都很自以為是，並且對此樂此不疲。

有一波人湧了進來，他們談論詩歌啊藝術啊，我們一聽就笑了，我們當年的年紀啊，也就這樣，他們大聲武氣地說話，喊酒保。一個個這個城市的名人在他們的嘴唇裡蹦出來，時而作出很氣憤的樣子，這時，會有人立馬說，我們去扁他。然後一個傢伙抄起電話就打了起來，說著什麼話，又有人說喝酒喝酒，我們幹嘛為這破事生氣啊。阿衣跟我說了一句什麼話，我沒聽到，她說，靠，比我們當年還操啊。我說，那你操誰啊。她沒說話，端起了酒杯。我說，少喝點，你還以為你是青年啊。她說，不要這樣說嘛，我們最起碼還是不落伍的中年的哈。

這時，又有一波人進來了，顯然他們跟剛才的一波人不是一類的，進來後就圍著一張桌子坐下來。然後叫酒。前一波人忽然說了一個名字，後一波人中的一個傢伙拎著一酒瓶子，站了起來，說，你丫說誰呀。前一波人愣了一下，有人說，我們沒說誰。那個青年拎著酒瓶子就衝了過去，說，我都聽見了，你丫還敢狡辯。這樣一來，兩波人就對打了起來。我趕緊拉著阿衣躲到一個角落裡，怕他們一不小心傷著阿衣。阿衣說，幹嘛呀，有熱鬧看，多好啊。我說，別說話了，小心他們會衝過來。場面一時混亂起來，其他的客人趕緊往各處躲，誰也沒料到會發生這樣的事。

阿衣緊緊地貼在我的身上。我把她擁在懷裡，就這樣，不知道過了多久。直到警察趕過來，我們才分開。阿衣說，現在的青年比我們當年還剽悍啊。這話一說出口，一警察說，是阿衣同志啊。我趕緊去看警察，原來是黃子運。以前他也是我們那個圈子的，沒想到他今天居然混成了警察了。大家立刻熱火朝天地聊起來，要不是他的同事提醒，我們說不定還會繼續聊下去，也許會跟著喝個天昏地暗的。然後，黃子運對那些人說，你們這些年輕人，看倒起，這兩位你們想必大概都曉得吧，作家老頹和詩人阿衣啊，他們的文章是這個城市的標誌。那些青年紛紛投來羨慕的目光。我說，不要聽他瞎說，我們沒什麼名氣，只是普通人。說這話不是我謙虛，委實是怕挨這些年輕後生的磚頭啊。

我跟阿衣走出了酒吧。街市上的人很少了，很多商店都已經關門。我說，我我送你回吧。她說去哪裡。我一時恍惚起來，想了想，你不曉得你住在哪裡了啊。她點了點頭。我就知道她會這樣，以前就是這樣的啊。多少年了，她都沒有改變，一個人就這樣過來的？

3

房間裡亂極了，各類資料啊書啊什麼的雜亂地堆放著，我已經好久沒收拾一下房間了。昨天，同事梅子美到我這來玩。我知道現在的女孩子就這樣，你越對她冷淡，她越對你有好感，你越對她好，她越不把你當回事。起初，我對梅子美沒什麼感覺，也可以說，直到昨天也是這樣。她跟我不在一個部門，但是因為在學校的時候搞宣傳，就有點喜歡文學，寫過一些文字發表在校報上。後來，到我們單位來了，聽說我寫東西很厲害，就經常過來跟我研究些文學問題。儘管我以前喜歡這個，也樂意和女青年談，到底是止於談的地步，別的倒也沒做過出格的事（印象中是這樣）。

還是先說說梅子美吧。她老到我這來，也沒什麼事情，可對一個單身男子來說，不會有些閒言碎語。我的名聲還算不錯，不過久了難保不會發生什麼事情呀。梅子美有天過來說，她很喜歡著名作家王犰狳。我說，我沒看過他的東西。其實我讀別人的書確實不多，儘管我收到不少朋友寄來的書，還有一些出版社會給我寄一些書，讓給他們寫評論，千字兩百。我不缺這個錢花，所以犯不著做這等惡俗的事。所以，梅子美說到王犰狳的時候我說不知道。所以，梅子美感到很驚訝。也許就是這樣她想到我這來看看，說是學習，其實是什麼意思，我也不大清楚。

梅子美說來的時候，我不大樂意。她說，你就給我一次學習的機會吧。後來，她就跟我到我家來了。我讓她進來後，她到處看，說，哎呀，真沒想到，你住的地方真有風格。我說，看你說的，就是一個破窩罷了。她說，比我想像中的還要好，不，是偉大。然後不好意思地笑了起來。我捉住了她的手說，我們去吃飯吧。她說，讓我再看一會吧。

她就在房間裡轉了一下，她去抽一堆書裡的某一本。我剛要說，小心書要倒下來。還沒等我說出來，那堆書「嘩」地一聲倒了下來。我趕緊過來，有一些書壓在了她的身上。她跌倒在書堆裡。我說，你別亂動啊。她說，不好意思。我不是故意的。然後我把書從她身上移開，她站了起來。拍了拍身上的灰塵。我順手也在她的肩膀和背後拍了拍，說，走吧走吧，去吃飯吧，這些書我都很少動。她說，一會回來再慢慢地看吧。

在小區的不遠處，有家餐館做的菜不錯，我經常在那吃，很少回家做飯吃，實在是吃厭了，就待在家裡隨便吃點什麼。我們去得晚了點，沒位置了。我說，我們換個地方吧。她說隨便吧。於是，我們打車到黃河路的一家餐廳，那兒距離這不是太遠。夏天太悶熱了。走路實在是有些麻煩。

到了餐館之後，才發現這兒也是客滿。我有點急了，這樣的折騰還真不曉得幾時能吃上飯啊。梅子美看了看說，要不，我們到超市去買些吃的，就到你那去吃吧，免得這樣等，也不曉得好久有位置呀。我想了想，那也好，就是簡單了點。

於是，我們到超市裡買了很多吃的，幾乎能買到的差不多都買下了，剛好家裡的冰箱也空了。順便又買了件啤酒回去。超市的服務員認識我，每次我來買什麼，他們都會把我要的貨送上門。我不曉得這是怎麼回事，在我的周圍，像這樣的人不是很多吧。我一直這樣想。

事情就是這樣，往往不按人的意志發展的。令我沒有想到的是梅子美挺喜歡喝酒的。起初，兩人慢慢地喝，很快，頻率慢慢加快了。這樣喝醉也是不大好的吧。我就說，再喝一瓶就不喝了。她說不行不行，再怎麼著也要喝個痛快吧。我知道遇到高人了。但還是忍不住勸她少喝點。看她一副不大滿意的樣子，後來我也就不說什麼了，兩人喝開了。再後來，發生了什麼？

第二天，我醒來。看見梅子美睡在我的旁邊。我不知道昨天夜裡發生了什麼。太陽照常升了起來。我感到有些頭痛。起來喝了點水，再次昏昏沉沉地睡去。

4

電話再次想了起來。我醒了過來，看看時間，三點。又是那個該死的電話。電話一個勁地響，我拿起電話，一直沒有聲音。

後來，對方說，你好。是一位女孩子。

我沒有說話。

她說，你已經把我忘記了。

我沒有說話。我聽出來這是誰的聲音。

她說，從一開始我就知道會這樣的。

我說，抱歉，我不記得你說的是什麼事情。

她說，我不傷心你會這樣。我只是奇怪，男人都是這樣的動物嗎？

我說，也許我不認識你。

她說，是啊是啊。似乎有些不快。

我說，你是誰啊？

她說，何必問姓名呢？既然都已經忘記。

我說，我想你一定是誤會了。

她說，我希望是這樣。

我說，你為什麼要這樣。

她說，你為什麼要這樣。

忽然，我覺得大腦裡一片空白。

5

梅子美還在睡覺。我不清楚她是怎麼醉了，怎麼會睡在我的旁邊。我使勁地想弄明白，可還是沒有一點頭緒。我就在她的旁邊倒了下去，把她擁在懷裡，她往我身體裡拱了拱。天色有些陰鬱，是不是要下雨了。我想了想，也沒想出個所以然來。後來，我吻起了梅子美。

梅子美醒來。她說你沒事吧。我說你還好吧。她說昨天晚上發生了什麼。我說你醉了。她說你也醉了。我說，都醉了。她說如此而已，不是嗎？我說，可不是。然後，我倆笑了起來。

然後，梅子美就走掉了。

我忽然想問問她昨天晚上喝酒的事情，可我什麼都沒有說出來。

6

她說，你好！我是看著你的文章長大的。

我說，那我真的好好謝謝你。

她說，你怎麼謝我啊。

我說，我也不知道。

她忽然曖昧地笑了笑，我有些討厭這樣的表情，就說，我真的不知道。

她說，我知道。
我說，你叫什麼名字？
她說，何必問呢？你不會記得我的。
我說，怎麼會？我一定會記得你的。我想我們有緣分。
她說，什麼緣分？
我說，我不知道。
她說，你是個浪漫的人。
我說，天氣不錯。
她說，我呢？
我說，我想不到……
……
她說你會想我嗎？我說我想會的。她說這話你一定對不少女孩子說過。我說，我很少說這樣的話。她忽然笑了笑說你說了我也不會生氣的。我們交疊在一起。她說，這叫耳鬢廝磨。我說，我以前沒學過這個詞。她說，這不重要。我說我應該學過的，卻早忘記了。
她說我是周慕旗。
我醒了過來。太陽再次升了起來，在我的面前攤開著一本《現代漢語詞典》（修訂本），第三三三頁，「耳鬢廝磨」條是這樣解釋的：指兩人的耳朵和鬢髮相接觸，形容親密相處（多指小兒女）：青梅竹馬，耳鬢廝磨。

最軟的季節

0

這是怎麼回事？

我不大明白，沒有預感，這事竟然來了。街道上的行人稀少，不知道怎麼回事，這是中午的時候，太陽很暖和地灑下來。

電話裡的話已經說的很明白。

我走了出來，辦公室裡的氣氛有些壓抑，幾個人在玩電腦遊戲。時不時爆發出一種很奇怪的聲音。我不太喜歡這樣子。儘管我也玩遊戲，不過偶爾為之罷了。

太陽，陰影。

那家小百貨店裡，老闆娘無精打采地坐在那裡發呆，今天沒有人陪她打麻將，每天都有人在這兒打麻將。我看了一眼，沒有一個顧客。

我不知道我要去哪裡。心裡很煩躁。想不出的理由，是因為剛才的話嗎？我不知道，今天一早，我出來還滿心歡喜的。在星座書上說，我這周的運氣很不錯。可接到那個電話之後我的心情就很糟了。

何以。我會讓你好看的。在電話中，她說。

1

下班之後，俠子約我去她那玩。俠子是我的同事，我不大想去，她肯定看出來了。這事是很尷尬的，我怕自己控制不了自己。我說改天吧。俠子眨著眼睛說，呵呵，你不想嘗嘗我的手藝嗎？一直以來，俠子就說我的手藝很好啊，會做很多好吃的，現在有女孩子能會這樣真的是很少了啊。我跟許多女孩子來往過，好像吃的大都是餐館，她們都是白領，似乎從來沒有做過什麼好吃的之類的。

坐在車上，我的精神還是不大好。俠子說，今天你想吃什麼。我說，隨便吧。她說，怎麼能這樣啊，那我做什麼吃啊。我笑了笑說，那，你看呢？她說，不曉得你喜歡吃什麼。我說，你拿手的是什麼？就這樣聊著聊著，我的心情才漸漸地好了起來。

俠子說，我知道，你一個人整天也沒有吃什麼好的啊。是啊是啊，一個人還是將就著對付就過去了。我呵呵地笑了起來。

俠子住在二環路外面，我們的單位在市中心，距離遠，加之堵車，這很花了點時間。現在的坊城開發的很厲害，到處在修路，到處是工地，這讓我想起了大煉鋼鐵那陣兒的事。熱火朝天的啊，人民群眾很不滿意，有很多路修著修著就不修了，丟在哪兒，然後又換一條街道，繼續修，修著修著，又丟下了，不管了。這樣折騰了大半年，那些路還是老樣子。所以，車在這些路上走走停停，到處是堵車，等到了俠子的住所，天已經黑了。

俠子在單位裡是我的領導，她很關心下面的人。我是剛到單位不久的，原來在一些單位打工，可都不如意，有的是幹十天半月的，公司垮了，老總沒見了影兒，當初，剛進去的時候，老總豪情萬丈地說，我們要做就做大集團，併購世界五百強。很牛逼的樣子。很多像我這樣的傻B跟著就相信了他的話。這樣的活兒我可沒少做，有回，我到一個單位去應聘，負責人說，我們是屬於交通部管的，我想那肯定不錯的啊，估計不會拖欠工資什麼的，也許從此就找到了立身之地。可我去面試的時候才知道，原來是做清潔工。靠，現在很多單位都是靠牛皮吹的，不知道的還準以為是大企業。

回到家裡，俠子就忙活開了。很快，就有幾個菜端了出來。我說，你做的肯定好吃，這味道就很好。

還沒嘗啊，就開始拍馬屁了。她說。

不是的。我說。

我有些拘束，畢竟第一次跟女領導在一塊吃飯啊。俠子說，何以，不要客氣，你要喝酒的話，這兒還有點紅酒。我怕出醜，就說，謝謝，我不喝酒。嗨，那有男人不喝酒的。她笑吟吟地說。

那就喝一點吧。我看推不過，就說。

呵呵，到這就不要客氣了哈。俠子說。

我點了點頭。

何以。我會讓你好看的。在電話中，她說。

我吼了一聲，真有些生氣了。我說，你愛怎麼著就怎麼著吧。

何以，你醒醒，怎麼啦？

我一下子醒了過來。原來是做了一個噩夢。我看了看，是俠子。一下子我沒明白過來。她柔情地說，你昨天喝多了。

2

我從家裡出來，到坊城已經差不多快有一年了，沒有掙到什麼錢，雖然這個單位很好，可我總覺得心裡沒底。俠子有意讓我多做一些事情，多掙一些錢。可我知道這個，除了心裡感激之外，我卻不好有更多的表示。在單位裡，除了和俠子有較多的接觸之外，別的人就很少了。

在這個城市裡，我的朋友很少。空閒下來的時候，我就躲在出租屋裡，想一些亂七八糟的事情，有時就去旁邊的一家錄像廳裡看一會錄像，我不知道怎麼樣來打發這些時間。

週末，我跑到購書中心去看書。說起來，在看到一冊冊的書時，我就會想起小時候在老家，看到一張帶字的紙片揀起來看看，那時的書很少，家裡沒錢買什麼書，上學的錢還是老爹到學校跑了無數次才賒下的，儘管學費不過幾十塊錢罷了。我翻了翻書，都沒有心情看下去，大約快兩年了吧，我沒有再看過書之類的東西。電視也幾乎不看。我想這樣也好，可以多節約一點錢。

我從書店裡走了出來。旁邊一家麥當勞店，很多人像潮水一樣湧進去，我一直沒有進去過，儘管我知道那花不了幾個錢，儘管我這時候的肚子開始叫了。我朝裡面看了看，一些人坐在那裡，有說有笑的。我想了想嚥下了口水，還是回家隨便吃點什麼吧。

電視上說，老家裡又乾旱了，家裡需要錢吶，我給家裡電話，媳婦未然說，你還想著家裡啊，一分錢也不往家裡拿，想在那鬼混啊。我想說什麼。然後她說，何以，我會讓你好看的。在電話中她說。

這是我的錯嘛？沒掙到錢，我拿屁錢回家啊。我不能說這樣的話。我一說，她說不定立馬趕車過來，看看我到底是不是說的實話。

真是混球。在老家裡，好多人都這樣說她。

未然討來的不容易，花了差不多兩萬塊錢。我只有將就著她，而且老爹老媽等著抱孫子呢？我一想那事就生氣。未然真的不懂人情世故，到處張揚她這樣能幹那樣能幹，好像她比誰都能幹似的。這時，我都不會說什麼，只是站在旁邊微笑著看著，讓她顯擺去吧。農村的女人還不都是這樣的。

你怎麼老是呆在家裡啊。有天，她跟我說。

我去哪兒？我有點疑惑，這樣的生活不是很好的。

打工啊！未然看了看我，說。

不會什麼技術，能幹啥？我還是搞不明白她為什麼要這樣。

要不，你就待在家裡，我去。看上去她不像開玩笑。

在家，種地種好了，比在外面打工還要好呢？我說，前村的老刀不是養牛發了大財。李莊的李四不是種菜蓋起了樓房，安下心來做事，做久了還能不成為專業戶嗎？

你就想種一輩子地嗎？她哭了起來。

我沒料到她會哭，一時不知道該怎麼說了。

她哭了一陣，就恨恨地說沒想到我找到一個這樣沒出息的人。然後，她收拾了一下就準備回娘家去。這人怎麼這樣，我雖然很生氣，雖然想拉住她，卻坐在那裡動也不動。直到她走出大門口，消失在拐角，腳步聲越來越遠了。

這是我們第一次鬧彆扭。

我想，這就是命。

3

剛到辦公室，俠子說，今天上午要開會。我說不會是什麼好事吧。原來沒有星期一開會的慣例。她說，一會你就知道了。我坐到座位上。每個週一都是我很忙的時候，收取信件啊報紙啊什麼的，還有部門的一些事需要我做。

等了一下，開會了。俠子在會上宣佈，我從今天成為她的助理。我還有點不大習慣。

這是公司決定的。同事說，看不來吧，何以這樣能幹，這麼快就提升了。有的就說，我早看出來了，何以不是一般的人。俠子說，大家知道，我們公司實行的是人性化管理，只有做事認真負責有能力，公司不會虧待的。

我走進了辦公室，阿成說，怎麼能這樣啊，我們這些研究生，難道還沒有一個中學生的水平高嗎？顯然看上去對我不大滿意，看我走了過來，他不說了。我裝作沒有聽見，開始做自己的事。

中午的時候，我從那堆文件中抬起頭來，還有好多事情沒有頭緒。我承認，我不能跟阿成他們比，所以，我要不斷努力，好好地工作，讓他說不出什麼話來。中學生怎麼啦，中學生就不能做大事嗎？人家小學生還能上中國富豪榜呢？

俠子過來說，今晚部門要祝賀你升職了，大家聚聚，溝通一下，也好方便你今後的工作。我點了點頭，說，好的啊，辦公室裡的氣氛太需要活躍了。俠子說，我就不去了，你們好好玩吧，我說，那怎麼可能，你不去的話，我們大家還有心情啊。再說了，不是你，我能升遷嗎？我還要感謝感謝你呢？那你怎麼感謝啊？我說，到時候你就知道了。

我在下午宣佈了這事，阿成說，恐怕我來不了，我早約了女友看《功夫》，再不去……我說，把她一塊帶來吧，他說，這恐怕不好啊。大家說沒事的沒事的。他說，那我再給她說說看。事情定了啊，我說。於是，下午的辦公室裡洋溢著歡快的氛圍。

晚上的活動，大家玩得很開心。又唱又跳的，玩到大半夜才散。

4

未然越來越不像話了。這是出乎我的意料的。麥收了，大家都去田裡忙活，可她卻說身體不舒服，怎麼也不願意去。老媽很快活地說，不去就不去吧，反正也沒有多少活路，我們去就可以了。我悶悶不語，跟著跨出了院門，也不去理會她。

傍晚，從地裡回來，我以為未然該把晚飯都做好了，就跑到廚屋去，哪兒有飯啊，未然在看電視，怎麼沒做飯？我有些生氣了。她不理我。仍然看電視，我伸手把電視機關了，太不像話了。你怎麼能這樣啊，在家也不做飯，晚上吃什麼？老媽剛好回來，忙說，沒事沒事，我來做。我說，你還吃不吃？不吃。未然說。你想氣死我啊。氣死你又能怎麼樣？

我說不過她，就走開了。

老爹說，你到你奶奶家去看看，她家有什麼活沒有？

奶奶不願意和她的兒子們一起過，就跟爺爺單獨出來。每個月幾家按時給他們送一些米麵什麼的。

我往奶奶家走去。

他們已經吃完飯了，在看那一台十七吋黑白電視，唱的是出什麼戲。我不喜歡聽戲，總覺得他們唱得很討厭。這電視是姑丈在外地收廢品收的，他擺弄了一下，又有了聲響，就這樣給爺爺送來了。我問了問，沒什麼事，我坐了一下就回家了。

何里跟他女人又吵了起來，因為什麼事情，一些人圍在那裡看，我在那站了一陣，一些人亂七八糟地說著什麼。吵架在他們看來就是家常便飯，我忽然覺得很沒勁，就走回家去，我這才想起未然，這婆娘，還真得管教管教的。

未然沒吃飯就躺下了，我也不去管她，胡亂扒拉幾口飯，就去村邊的河裡洗了澡。回來倒頭就睡。未然說，你回來幹啥？我還是你老婆嗎？

看看，你們家裡把你嬌慣成啥樣子了？還有臉說。我說。

管你啥事？你家既然那麼好，怎麼還討老婆啊？

我伸手給了她一個耳光，說，越說越不像話！

她抓住我的胳膊，又是掐又是咬的，我一甩把她甩到一邊去了。於是她更加氣惱了，哭鬧了起來，我說，有本事你去死啊？我就死給你看？說著她往牆上撞去，到了牆邊，她忽地停住了，我不死，我死了你好去找別的女人啊。我被她弄得哭笑不得。誰討上個這樣的女人，可真是麻煩了。我沒有想到自己會攤到一個這樣的女人。

在我上小學的時候，我看見鄰居阿虎娶的媳婦，怎麼看著怎麼好啊，那時我做夢都想要一個這樣的女人。因為前後村的無不說她的好，可惜她在生小孩子的時候，大出血死了，孩子保住了。人們都嘆息說，誰也沒想到她是這個命，那麼好的人吶。

好女人總是這樣的。爺爺喜歡看一些戲書，他說，老古語說得好，好人不長命。那時候我還不懂得這個道理。有回，在爺爺家，爺爺說，你媳婦又混了吧。我說，真沒辦法。他又說，過一家人也不容易啊。你看，有的人家過得好好的，說敗了就敗了，有的人家起初看著不起眼，可過了幾十年，再看，他們發達起來了。我點了點頭。爺爺是我們村那一代裡唯一識書斷字的人。

媳婦再不像話，也是你媳婦啊，我看她還是年輕氣盛，沒受過苦，不曉得日子的難處。爺爺好像睡著了，停了一陣又說。我說，可她也不能那樣混啊。爺爺搖了搖頭。

到未然娘家去。本來我是不大樂意去的，未然非讓我陪著她去。這事說來，還是自己不喜歡他們家的緣故。怎麼看，都覺得他們家像個飯館似的，由於他爹做鎮長，家裡客人就很多，我去了，他哥哥的兒子就跟我鬧，說姑丈，你怎麼到我們家來啊。你來幹嗎？我說，你到我們家去吧。他小子說，你家有啥好吃的嗎？有啥好玩的？我說沒有。那我去幹嘛？有病啊。未然爹說，越說越不像話，跟你姑丈怎麼這樣說話？他笑著跑開了。

未然媽有點不悅地說，你們怎麼待未然的，又瘦了。

我說，可能是……

是有了吧。未然嫂子笑著說。

那就更該好好照看一下。未然媽更加不快了。

我坐在沙發上什麼話也不說。

還沒有吃飯，就有人來了，說是來辦什麼事，提了一大兜的東西。鎮長說，你這是什麼意思，我是不能收的。來人穿的衣服有些破舊，他說，我媳婦被派出所關起來了，她正懷著孩子呢？為什麼呢？鎮長皺了下眉頭。現在，搞計劃生育搞得很厲害，生育指標控制的很嚴，派出所專門在各個交通要道上圍追堵截，攔那些大著肚子的婦女，一逮著非去流產不可，要不就罰款。來人說的就是這個事。鎮長說，你是頭生還是二生。頭生。那好，我給派出所打一個電話，問問。你回吧。來人說，那可真感謝你啊，黃鎮長。鎮長擺了擺手，來人就把東西丟下往派出所去了。鎮長搖了搖頭，這計劃生育可真是沒辦法的事。

正準備吃飯，大家都坐了下來。又有人敲門，說，計劃生育專幹把他家的牛牽走了。因為沒有繳罰款。鎮長幾句話把他打發走了。然後坐下來說，越來越沒王法了啊，長久這樣搞下去，農民怎麼生活？可上頭壓得緊，我也沒辦法。吃飯吃飯，他舉起了筷子說。

5

我回到住的地方，有幾個人在往院子裡搬東西，又有人搬進來了。這時，天開始陰了起來。我把晾在外面的衣服收了進來。天氣實在是熱得無奈。我隨便吃點什麼，就走了出去。

錄像廳裡沒有幾個人，我站在門口看了一下，覺得沒勁，就往回走。天色漸漸地暗了下來，看來今晚非要下雨不可。實在是什麼都不想做。未然在做什麼，我不知道，也不想給她電話。不知怎麼，沒來由的，我竟然想起了俠子。

院子裡有幾個女人進出，不曉得她們是做什麼的。我看了幾眼，就進屋去了。

躺在床上，我怎麼都睡不著。望著黑黑的屋子，外面開始下雨了，雨聲漸漸地大了起來。時不時想起一聲炸雷。很響亮的。

後來，我迷迷糊糊地睡著了。

何以。我會讓你好看的。未然說。

不要仗著你爹是鎮長我不敢揍你，你把我惹急了，我不揍你才怪。

你敢！我叫派出所把你抓起來！

鎮長也不能隨便抓人。我說道。

猛地，一聲雷聲響了起來，把我驚醒了。我坐了起來，外面的雨越下越密。我忽然有些害怕，不知道是怕什麼。

外面除了了雨聲之外，還是雨聲。

又好像有人在門外走動。似乎還說著什麼，我側著耳朵仔細聽，可什麼都沒有聽到。我又躺下了，對自己說，不要瞎想，明天還要上班呢。

可我睡不著。

天亮了。外面吵鬧了起來，在小區的門口，一個女子被殺死了，怎麼回事，沒人知道。她是誰，沒人知道。警察來了，也沒問出什麼。大家陸陸續續走了。

我到了單位，仍然還在想著這事。想來，也許我昨天晚上聽到的聲音就是這個女子也未可知。也許是情殺，也許是自殺，我也說不清楚。但不管怎麼說這事肯定不簡單。越想越後怕，真是出人意料，一個夜晚，一個生命就這樣消失了。

下班回去，在靠近小區的路上的行人很少，錄像廳關門了，人們沒事就待在家裡，連門也都不出了。好像生怕殺手再次出現似的。

剛搬過來的女子看上去很妖豔。我從她們門口走過，她們衝我笑笑。也不說什麼，我也笑笑，說下班了啊。下班了。她們回應著。看上去，覺得很是有些陌生，但又不知道為什麼。對於異性，這樣的感覺我還是一直沒有過。

回到屋裡，我休息了一下，準備下麵條。俠子給我電話，在電話中她也不說什麼事情，我一下子不曉得說什麼了。就愣了一下。我不想給自己惹麻煩。在電話中她說，你過來吧。我無奈地說，好吧。

車子飛馳而去。我想不出是什麼事情非要我過去。似乎也沒什麼，也許是我多想了。

6

未然忽地給我來電話，讓我有點驚訝。我記得還是很久以前的事了，我給家裡電話，她接也不接，甚至見了電話都躲。在電話中我能想像出她當時的樣子。我很是煩悶。也許是因為這個。也許是因為單位裡的事。現在，同事看我跟俠子走的很近，不免風言風語的。我倒不在乎這些，但這對於一個清白的女孩來說，是很不好的，因而，我見她都遠了些。

天氣很好。一連下了好幾天的雨，我的心情似乎也發霉了。悶悶不樂。看著什麼似乎都沒更多的情感了。從單位回來，就這樣。我想給誰電話，我又不知該和誰說去。就在這時，電話響了，是俠子。我本能地想拒絕。可是，我拒絕不了。我知道她的男友走了，同樣心情不好。

風一絲絲地吹進來。我對什麼似乎都厭倦了。

耶蕾歌的玫瑰

1

坊城大學在坊城的西南角，原來是一所洋人所建的教堂，後來就成了坊城大學。我在坊城大學畢業之後就留校任教了，日子清湯寡水的，閒著沒事就寫小說什麼的度日。如你所知，現在的坊城大學跟全國的許多大學差不多一樣的。我看著同學一個個發財升官，無比羨慕，比如俞翰新現在就是坊城市市長了，戴絲雨是一家企業的老總，馮憶南畢業後去了美國，可後來在九一一事件中喪了命，總歸是好上加好。我也想像他們那樣，當官、出國、做老總，可我不能那樣，因為「人類的靈魂師」總夠高的了，雖然窮酸一點。現在我就在邊教書育人、邊寫點什麼掙點散碎銀子，好喝酒什麼的。這時，我常常會想起大學的時光來了。

2

我正在家裡睡午覺的時候，俞翰新打來了電話。他一開口就說，石遇漢，找你有點事。還沒等他說完我就開玩笑說，是不是遇上女人的麻煩了，你小子怎麼不廉潔奉公啊。他說不是，是另外的事。我說，直說吧。俞翰新說，坊城要上旅遊項目，黨中央要求在二十一世紀把中國建成一流旅遊強國，我們坊城市在這方面一直落後，所以市裡幾位領導開會研究了一下，決定要想讓坊城人民富起來，只有搞旅遊開發了。我說，我又不是專家，沒有好的建議。他就說，你對文學瞭解，你看看能不能找點可開發的專案。我想了想說，恐怕不太行。他說，石遇漢，你別推脫了，你要想今年評教授，有了這好事還不快幹。我確實想評教授，可我資質不夠，文章雖然有，可學校領導說，再考慮考慮，沒評上教授的遠比教授多嘛。我也不好說什麼，現在我有希望把那個「副」字去掉，何樂而不為呢。我就對俞翰新說，我試一下。他就說，那好，你準備準備，這個週末下午兩點鐘，在市政府小禮堂開會。你來就是了。

午覺就這樣叫俞翰新的一個電話破壞掉了。我想找點資料，書房裡只有幾冊簡單介紹坊城的書，沒有多大的用處。也許市圖書館有吧。市圖書館在人民中路，我要趕好幾趟車才能到。我猶豫不決，因為坊城晚報約的稿件還沒寫完，他們說今天就要的。此時，電話又響了起來，可能是晚報的催稿來了，我拿起電話來就說，還沒完。對方就說什麼還沒完？不是晚報的人，而是戴絲雨。她老是這樣沒大沒小的，不知道她那個企業怎麼領導的。我說，是你呀，戴絲雨，我以為是來催稿子的呢？戴絲雨就笑作一團，停了下來，她才說，說正經的，你看搞旅遊開發，坊城行嗎？我說，俞翰新剛才來電話說了這事，我還在想著。戴絲雨說，他讓我出資來搞，我沒那麼多錢，他說可以貸款，銀行肯定支持這事。我說，我看看再說吧。我實在是不知道該怎麼回答她。我坐下來寫稿子，索性把電話線拔了去，免得他們老是騷擾我。

3

從坊城大學的小徑上走過，綠樹濃蔭，遮天蔽日。夏天我特別喜歡在這裡散步。到人民中路去的時候我感到今天的陽光特別好，風輕柔地吹著，也算是風和日麗吧。我坐上公交車，才想起來下午還有節課。我給系主任打電話先請了假。系主任對我的工作一般都支持。我一說這事，他就說好，下午的課我安排。為我，俞翰新、戴絲雨常來我們系，談工作呀捐款呀什麼的，這也是我升為副教授之前的事，後來，我就順理成章當了副教授。坐在公交車上我的心情格外好，我彷彿看到自己成了教授，並且漲了工資，生活越來越好了。

借了十幾冊書出來之後，我趕緊往回趕。其實我回家也沒什麼事，除了看這些書之外。我想不明白是怎麼了，心情也有點煩躁，來的時候的好心情一下子竟然消失殆盡。

走在坊城大學裡，我的心情就又好了起來，甚至我哼起了曲兒，這不是歌手所唱的那種，而是坊城自古流傳下來的，這曲兒和坊城大學顯得很是和諧，下午的校園陽光寧靜而華麗。這是在別的地方無法享受這種生活的。

老遠就看見一輛車停在樓下，我想可能有人找王主任來了。王主任是我們系裡的頭號人物，有車停在樓下並不鮮見。我從車旁走過去。此時車門打開了，一個女人叫著，石遇漢。我弄不明白怎麼會有人來找我呢。就回頭看了看。女人豐滿無比，她戴著墨鏡。我一時想不起來她是誰了。女人摘下墨鏡。我嚇了一跳，原來是詩黛。真想不到是你啊。我說。她笑笑說，你很忙吧。我說不忙，然後引著她上樓。詩黛也是我的同學。詩黛說，我剛才給你打電話，你不在家，我又打到系裡去，說你去市圖書館了，打過去說你走了，我就只好等你了。詩黛在坊城晚報做事，她經常幫著編輯約我寫稿。我說，是嗎？我打開了宿舍的門。詩黛一進來就說，你該成家了，石遇漢，看你這亂的。我笑笑，讓她坐到沙發上，把桌子上的東西收拾出一塊地方來。詩黛說，我們到耶蕾歌去吧。我說，那也好。就跟著她走了出來。

耶蕾歌就在坊城大學的旁邊。那裡現在是茶館、酒吧林立的地方，早先的時候，據說有幾株樹什麼的，和現在的坊城大學差不多的。我跟著詩黛走。詩黛說，馮憶南又來信了吧。我說沒有。她就問我最近忙什麼。我說，還不是瞎忙。她說，是啊是啊，大家都在瞎忙。拐了一個彎我們就來到了耶蕾歌。詩黛說，喝茶還是喝酒。我說，隨便。她就說，喝酒好嗎？我說行。於是我們就走進了星期八酒吧。

詩黛今天來找我顯然不是來喝酒的，她向來很忙，有事只是打電話，我都差不多大半年沒見著她人了。我說，詩黛，你應該減肥了。她說，可怎麼減，都這樣了，算啦。然後她又扯別的事。我說，你的人老是見不著啊。她笑笑說，你想天天見呀。早些時候，我很喜歡詩黛，可她老是說我水平不夠，不懂愛的情調什麼的，所以現在我對這事還有意見。據說她現在離了婚了，單身。我說，是啊。詩黛說，聽說了吧，坊城要搞旅遊了。你有什麼看法。我笑笑說，我也是剛聽說的。扯來扯去一個下午就混過去了。我回家的時候，想說什麼給詩黛聽，可我沒有說。詩黛走的時候回望了我一眼，充滿了深情。

4

東風吹，戰鼓擂，搞旅遊開發誰怕誰，不是旅遊怕沒人，就是怕人沒旅遊。俞翰新說，坊城為何這麼多年經濟落後上不去，就是因為沒有發展旅遊業。中央可真是英明決策啊，一下子找準了坊城的發展方向。現在方向有了，問題是我們如何去做，據統計局的不完全統計，坊城人民大部分還是希望搞好旅遊的。搞旅遊不但能增加坊城形象，還能提高知名度。因此，市府這次把各位召集來，就是議一議怎麼個搞法。

接下來，旅遊局局長何中原說，應該這樣，我們旅遊局早就想搞這個了。何局長說的不是沒有道理，搞旅遊開發的地方都發了，有的地方什麼都沒有，整個破山洞，住幾個乞丐，說是發現了新人類，弄得很是轟動，旅遊一下子搞上去了。坊城沒有山洞，也沒有名勝古蹟，人民公園也沒什麼，這也是旅遊落後的原因之一。

下面由坊城大學副教授石遇漢同志發言。主持人說。坊城的旅遊怎麼搞，我不是專家，只能提點建議。下面就粗淺地談一下。坊城的歷史雖然很久，但沒有文物也沒有歷史故事可挖掘，這的確像何局長說的令人遺憾。從我現有的資料來看，搞旅遊是完全可能的。比如耶蕾歌就是很好的例子。據清末的《坊城風俗錄》記載，當時的坊城除了教堂之外就是耶蕾歌有名氣了。耶蕾歌在西方語言中就是美麗的地方。在《坊城志》中只是提到一句話。宋代《識小錄》以及明朝《坊城風物考》中就詳細地記有耶蕾歌的盛況，說當時的玫瑰如雲，在三月的街頭巷尾隨處可見，情侶爭相送玫瑰等等，這就是說，坊城的情人節早在宋代就有了。所以我建議可由這方面做文章。

會議開得很成功。何局長說，石遇漢，真有你的，一下子就找到了目標了。我代表坊城人民感謝你。我說，何局長，你見笑了。我的想法還沒有你的成熟。俞翰新笑著說，你可真是大救兵哦，謝謝你了，石遇漢。詩黛過來問我一些旅遊的事情。我說，你還是找旅遊局吧。詩黛說，你是專家嘛。

沒有想到第二天的坊城日報、坊城晚報用很大的篇幅報導這次會議，認為這是空前的。當然我覺得這有造勢的成分，我看著報紙不由得苦笑了。電臺、電視臺的也都相繼報導了這事。

坊城的人民彷彿都服用了興奮劑，無論你走到哪裡都會聽見耶蕾歌和旅遊開發的事情，街頭巷尾都沸騰起來了，人們鬧著就到耶蕾歌去，這兒瞅瞅那兒看看，還是沒見什麼奇蹟，就更議論紛紛的了。我還在寫小說，對這事不聞不問，覺得這些事早與我無關了。

5

坊城市市長俞翰新又請來省級媒體來報導這事。我講了話，和上次講的差不多，卻被報導成了耶蕾歌的玫瑰和楊貴妃有關了。真有點讓人啼笑皆非，我想打電話讓他們更正一下。俞翰新卻打電話來說，這是給旅遊造勢的，你不必當真。可我覺得這很沒勁。

戴絲雨很看好這事，看得出來她的熱心和俞翰新沒有兩樣。我看見他們為這事忙來忙去，覺得沒個頭緒。詩黛沒事就朝我這跑，讓我講耶蕾歌的事情什麼的。然後就出來到耶蕾歌去喝酒。詩黛喝酒的樣子很優雅。我常常看著發呆，想些亂七八糟的事情。詩黛沒話找話問我，我覺得她是喜歡上了我。

像我這種男人，寫小說的，教文學的，單身的不少，據說這樣不怕外遇。其實我骨子裡沒有這麼一層意思。在愛情方面我的經驗很少。詩黛當年就這麼說。現在我也好不到哪兒去。詩黛找我聊聊，我覺得這不單是聊聊的事情，更深層次的是什麼，我依然不得而知。詩黛有天喝酒喝得醉醺醺，我不知道她為何放縱自己，我要送她回去，她說到我那裡。我也喝了不少酒，但還沒有醉。我攙著她到我家裡去。夜很晚了，天邊一抹星星，亮閃閃的，月亮掛在天幕上，這樣的夜晚，實在是很好啊。

詩黛和我住在了一起，這讓俞翰新、戴絲雨、馮憶南他們嚇了一跳，覺得這是不可能的事。戴絲雨和我幾乎沒什麼來往了，也許她在吃醋也未可知。我知道，前一陣子她是很喜歡我的。我沒把這事放在心上。凡事都是可遇而不可求的。我信這個，所以只好順其自然。

6

耶蕾歌的開發進行的有條有理的。銀行給戴絲雨貸了一千萬。我還是經常到耶蕾歌去。俞翰新倒是時不時有消息傳來，告訴我一些那裡的進展情況，他現在差不多把心思全花在這上邊了。

詩黛對我很好。我說，我們結婚吧。她笑笑說，等等再說吧，現在沒有心思。我想快點結束這種局面，因為這時的學校裡已有了些風言風語。詩黛不是那麼熱心，我只好無可奈何。

晚飯後，我挽著詩黛出入校園，去耶蕾歌遛達，順便淘點舊書碟片什麼的回來。耶蕾歌正在準備拆遷，「賣血大甩賣，告別耶蕾歌」之類的標語到處都是，人聲鼎沸，倒真的擠了不少人在搶便宜貨。酒吧也在搶最後的機會，星期八酒吧甚至打出了底價促銷的標語來了。漫步在街上，我找不到當年耶蕾歌的模樣，當然不會現在這樣的了。詩黛有時也興致勃勃地擠進人群，我站在外面看著，一會兒她鑽出來，搶了衣服什麼的。這樣持續了一周的時間。

我給俞翰新打電話去，一直沒人接。他現在是俞市長，不是以前的俞翰新了。耶蕾歌的旅遊開發讓他忙得有點暈頭轉向，程秘書過了一會打電話過來說，俞市長在開會。我說，他開完了會，請他給我打個電話。程秘書說，好吧。我忽然有點落寞。俞翰新以前還不如我啊，現在卻都換了幾個秘書了，我還在教書育人，這多少讓我有點心裡不平衡。

詩黛如今也升為編輯部主任了，我只是寫點短文章了，小說基本上沒寫。詩黛她們報紙經常發我的東西，詩黛說這叫肥水不流外人田。我除了教書之外，得用大把的時間陪詩黛了，這讓我有點煩惱。我的自由空間越來越小，詩黛沒事就讓我陪著她。

俞翰新說，現在耶蕾歌的事情遇到點麻煩，我問他怎麼了。他說，省裡一個領導說，我們還不具備這個條件，況且現在還有其他事情比開發旅遊更重要。我說，是嗎？他說是。俞翰新很沮喪。我說，沒事，我們再論證一下，讓他看看怎麼樣？他說，也只能如此了。詩黛晚上回來說，銀行已經停止向戴絲雨貸款了。

我忙給戴絲雨打電話，手機關機，家裡沒人接電話。我也憂鬱起來，真擔心耶蕾歌又恢復到原來的樣子。但對於何去何從我實在不知道該如何解釋，這也不是我能決定了的。

7

坊城市政府市中心的北京大道上，這雖然是一條大道，卻很幽靜。在去市政府的路上，我仍然在想這事會有個什麼結局。詩黛坐在我的旁邊，她捏著我的手，輕輕地撫摩著，這多少讓我的心情好了一點。她說，沒事，耶蕾歌開發不開發還不是一樣，以前也沒見怎麼樣。她不知道我對耶蕾歌的關心是基於這和我的升遷有關。我也不想說破。畢竟我不是那麼世俗之人，對這喋喋不休，雖然如此我心裡還是覺得這事很懸掛，但事在人為嘛。

小禮堂裡已經聚集了一些人，電視臺的，報社的，都在忙乎著。俞翰新還沒有來，我認識的人幾乎沒有幾個，詩黛卻和他們相熟，頻頻打著招呼。戴絲雨匆匆走進來。我說，戴絲雨。她往我這邊看看，說，你們都來啦。雖然努力地擠出笑意，仍掩飾不了一絲憂慮，我望望她，不知道該說什麼。詩黛說，好久沒見你了，還好吧。戴絲雨說，還不錯。電視臺、報社的一聽戴絲雨來了，就先把長槍短砲對著她一陣拍攝，她只有聽他們的，她無法拒絕，忽然我覺得一種沒來由的悲哀。

俞翰新市長一進小禮堂，會議就正式開始了。先由旅遊局的發言，何局長今天沒來，來的是個大腹便便的傢伙。旅遊局講來講去也沒多少頭緒，或者說他們還沒有理解耶蕾歌。其他領導也泛泛地談了一下，我幾乎要打起瞌睡來了，這樣的論證實在有點無聊。

石遇漢，該你發言了，他是耶蕾歌的旅遊開發的第一個提出者。俞翰新說。

我靠。什麼時候我成了吃螃蟹的人？我想辯解，可我張口說的是，其實耶蕾歌的旅遊開發關乎著坊城的未來走向。據我所知，耶蕾歌的開發價值比一些名勝古蹟還大。接著我就引經據典地談起來，從歷史，從文學，從風俗民情一直談下去，我也不知道自己對耶蕾歌所知有這麼多，簡直超出了我的想像。我說，耶蕾歌是情人節最早的誕生地，就憑這一條就值得我們去做。

省領導說，不過，現在還是要謹慎一點，我們黨和政府是歷來堅持一夫一妻制的，不能搞情人，凡是搞情人的官員都會被繩之以法的，所以在宣傳上要避免這個誤解出現才好。

俞翰新說，省裡對耶蕾歌的旅遊開發很重視，這也是對我們坊城的關懷，我們一定要按照省裡的要求，堅持貫徹鄧小平理論，爭取把耶蕾歌開發成精品旅遊區。

會議比上次還轟動。銀行的領導當即同意向戴絲雨貸款，並參股進來。走出市政府小禮堂，俞翰新讓到他那去坐一下，我跟戴絲雨、詩黛都過去了。俞翰新拿出一瓶紅酒來，說，祝賀耶蕾歌旅遊開發成功。然後又談了別的事才散開。我為這事高興著，不僅為這事，我彷彿看見了當教授的自己。

8

戴絲雨和詩黛曾經是我們班的最好的女生，追求她們的人無數，我在她們之間徘徊來徘徊去，弄得她們都有點生氣了，但她們知道我會寫詩讚美她們。我說，戴絲雨是紅玫瑰，詩黛是白玫瑰。有時我和戴絲雨在一起，我就會想起詩黛來，她的寧靜是一種美麗，可是在和詩黛在一起我又會想起戴絲雨，她要有戴絲雨的熱烈就好了，她沒有。我就像流浪漢一樣，一會待她這一會待她那。這不是因為我的原因，實在是她們各具魅力嘛。

我那麼地相信愛情，可她們說我不夠專一，詩黛更是說我不懂得愛情，也難怪，兩個同樣缺乏熱情的男女，擦出愛的火花實屬意外之舉，當時我不懂這些。毛主席說，凡事都怕認真二字。我想我沒有錯。鄧小平說，別管黑貓白貓，逮著耗子就是好貓。我徘徊於戴絲雨和詩黛之間，兩個美麗的耗子我都沒逮著，由此，我沮喪了很長一段時間，並認為自己不是一隻好貓。

俞翰新當時喜歡戴絲雨，可戴絲雨覺得他不會寫詩。大學裡的少女多麼嚮往被詩歌讚美呵。俞翰新的領導才能在班裡乃至系裡都是無人可比的。有一段時間，我們之間成了情敵。俞翰新對我很是生氣，甚至有幾個傢伙想方設法找我的茬，準備揍我，俞翰新覺得這完全是小人行為，要公平競爭。我想這也對，就發狠地寫詩。星星、詩刊、揚子江詩刊、詩歌報、亞細亞詩報、中國校園詩報都有我寫的詩，寫給戴絲雨的不少。戴絲雨雖然喜歡讚美，可也知道權力的誘惑，俘獲一個女孩的心並不是一件容易的事情，這個我深知。就搞校園詩會什麼的，結果一塌糊塗，自然把戴絲雨拱手送給了俞翰新。

事後，俞翰新告訴我說，戴絲雨還是和以前一樣。我不明所以。但我們彼此成了朋友。戴絲雨和我見了也是一笑而過。詩黛也已經離開了我，這樣就使我成了快樂的單身漢。

9

詩黛晚上回來的很晚，我仍然在電腦前敲字。她說，今天我累壞了。我說，你到哪兒去了。她說，還不是耶蕾歌，市裡面讓炒作。我又埋下頭去敲字。詩黛說，還沒完嗎？我說，沒有。詩黛就收拾東西準備睡覺。我們已好長一段時間沒在一起吃晚飯了，詩黛不喜歡做飯，我也懶得動，她回來早了，我們就去下館子，晚了，我就一個人跑到樓下吃蘭州拉麵。我又忙了一陣才收拾桌子，然後去睡覺。

詩黛已經躺到床上了。在看一冊破書，不用猜就知道是金庸的。我不知道像她這樣的女子為何對金庸的小說如此著迷。我躺了下來，問她。詩黛說，你知道我見誰了嗎？我說，我哪兒知道啊。她就說，是俞翰新和戴絲雨。我說，那有什麼稀罕的？她說，這你就不知道了。我問她怎麼了。她不說。

躺在床上，我想不明白戴絲雨和俞翰新是怎麼回事，俞翰新的太太去年到北京讀書去了。他對她很好，怎麼會做出不軌的事情呢？何況對戴絲雨，我想未必。畢竟兔子還不吃窩邊草啦。他俞翰新會這樣做嗎？

詩黛說，你是不是又想戴絲雨了。

你瞎說什麼？那你發什麼呆啊。

我在想小說該怎麼進行下去。詩黛對我的小說不感什麼興趣。我現在忽然奇怪我們怎麼會待在一起，難道僅僅是緣分嗎？

詩黛拉了燈，又把燈打開，起身去衛生間，立刻一陣撒尿聲響了起來。我躺在床上，一動不動。我覺得對愛情已經沒有了激情。

俞翰新在嗎？我在電話中說。一個女聲說，他不在，你找他幹嗎？你是哪裡的？

10

我沒有回答，掛了電話。我走在校園裡，涼風習習，不時有學生跟我打招呼，我只是點了點頭。穿過荷花池，我看見許多人在池塘邊看什麼，我沒有走過去，而是徑直走出了坊城大學。耶蕾歌已是一片狼藉，不時地有運渣車跑來跑去，灰塵四揚。那些商家、店鋪已經一無所有。我走在街上，看著來來去去的車輛，一時不知該何去何從。

石遇漢，你怎麼在這兒？我一扭頭，看見俞翰新灰頭土臉的，就忍不住笑了：我靠，俞大市長還在現場辦公啊。他笑笑說，是啊是啊，你倒清閒了，評上教授了吧。我說，你還說，現在還沒影兒。俞翰新說，你寫申請沒有？我說，還沒有。然後我問他見戴絲雨了沒有。他說沒見著。我就故作神祕地說，我聽說消息了，你可得注意點影響。他的臉就一沉，說，石遇漢，你開什麼玩笑嘛，咱們黨員，能做這種事？我不知是真是假，也就不好說了。

俞翰新說，我還有事，先走了。此時，一輛車停了過來，他拍拍身上的灰塵，上了車，一溜煙地走了。我還站在那兒發愣。

耶蕾歌管理委員會在耶蕾歌的左邊的幾間房子裡，我向那裡走去。還沒走過去，就有一陣軍樂聲傳過來了，我不知道發生了什麼事情，就忙忙地向那邊走過去。

原來是搞一個什麼儀式，我趕到那裡，人們已經散去，我覺得莫名其妙。晚上看坊城新聞時，也沒見這個消息，我想，這十有八九是我在做夢。我問詩黛知道不知道這事，她說知道，但那家企業太不懂事了，電視臺的、報社的，連個紅包都沒給，誰報導呀。我愈加不明白了，想說什麼終於沒有說出來。據說新聞界都流行這個，有錢就是大爺。那些破記者就能吹成比爾•蓋茨。真是無聊啊。

詩黛說，我不想當主任了，沒勁的很。我說，你想做什麼？詩黛笑著說，做你老婆啊。我說，你不是不想結婚嗎？她說，我現在想了。我笑了起來，詩黛一臉嚴肅地說，我是認真的。我說，好好。那你想想我會娶你嗎？詩黛說，你原來那麼壞啊，和我睡了，就想甩了。我說，逗你玩兒。詩黛說，我諒你也不敢。

夜晚無比寧靜，我躺在詩黛的旁邊怎麼也睡不著了，有點興奮的莫名。

11

王主任找到我說，石遇漢，你最近忙什麼呢？我說，還不是老樣子。他就閒扯了幾句。他工作比我忙得多，雖然對我不錯，可也沒到沒事就找我閒扯的地步。我也不想多問，畢竟是多一事不如少一事。王主任見我好像沒明白他的意思，或許他看出了我在裝瘋迷竅，就多少沉不住氣了：石教授，你看看能不能讓俞市長出席咱們學院的建院五十周年慶典。我說，他最近一直忙著耶蕾歌的旅遊開發，怕是沒有時間。王主任滿臉堆笑著說，你就試試吧，另外，你不是有位同學在紐約嗎？我們也可邀請他來參加嘛。我對這等俗事很是反感，所謂慶典也就是大家在一起，吃吃飯玩玩而已，又對學校有什麼作用呢？但我又怎麼能對王主任說，對這事我不感興趣，我還指望他能給我評上教授。就說那行。王主任又說，還要找贊助商，戴總那要優先考慮，她給我們不少的經濟支持，所以一想到這事我就想到了她，在慶典儀式上準備請她作個發言。我說，行，這些事你就放心吧。

王主任說，你辦事我最放心了。我說，你一誇獎我就不知天高地厚了，怕出了岔子。王主任笑著說，哪裡哪裡。我說，王主任，我評職稱的事情今年怎麼個辦啊。王主任微微皺了一下眉，然後就笑了，好說好說，其實論工作表現還是能力，你評教授絕對沒問題，但有些比你資歷長的沒評上，怕這些人有意見，就一直拖了下來。這回，你放心吧，慶典弄好了，你評教授的事情完全搞定。我也笑了：那多謝王主任了。王主任說，我還有事，慶典的事情你別忘了。要早點給他們打招呼才行。說完，他就一陣風地走了出去。

接下來，我先給馮憶南發個電子郵件過去，再給俞翰新打電話，他正在耶蕾歌忙著，我說了慶典的事情。他說，行啊，不過我捐不出什麼錢。這我也知道，就他的工資還不夠家用的，不過吃喝都不用操心倒也為他省了一筆錢。說了這事我又問耶蕾歌的進展，拆遷的已近尾聲，建設只待時日。我告訴戴絲雨學院慶典的事情，她笑壞了，你又想來騙財騙色啊，石遇漢，小心詩黛閹割了你。我說，我什麼時候對你有過非分之想？別滿城風雨的了，我還不知道你的事情，沒事老往俞市政那去。她就說，石遇漢，你說話要負責，別把領導想的那麼壞，人家可是共產黨員啊。我說，你參加不參加慶典？她說，要出錢吧。我說，我讓詩黛多給你寫點東西就是了，你不就是想要名氣嗎？戴絲雨說，好吧。我就只好任人宰割了。我笑著掛了電話。然後向王主任匯報這事。

學院慶典的事情弄得很是張揚，電視臺鐵拍個專題片，由學院出錢。組了個組委會，我本來想不參加的，可王主任非讓我當秘書長不可。我就只好跟著大夥瞎忙乎來了。

我不得不抽出時間來做這些事，聯絡人員呀做統計呀什麼的，有時一天幹著幹著就想睡覺，一坐下來就睡著了。那些天，用詩黛的話說，就是把我累壞了。慶典活動一結束，我就在家休息了半個月。

12

俞翰新在中午的時候給我打電話來說，中央電視臺的要來錄節目。這管我球事，何況我忙學院慶典的事情，根本沒有時間來摻和這事。他說，這節目非同小可，對耶蕾歌的開發至關重要。我想不參加也不行了，因為耶蕾歌的情人節是我先提出來的。

中央電視臺的節目組是一周後到的，我很少看電視，所以對中央電視臺的主持人什麼的全沒什麼印象。那天，一班人馬先由坊城市人民政府招待了一回，住坊城大酒店。我去的晚了一點，俞翰新和一些人在說笑著。我一進來，一個傢伙就對俞翰新說，這就是你說的石遇漢同志吧。坊城根本沒這號人，一口京片子，一臉壞笑。我沒說話，俞翰新說，對，對，他就是石遇漢，我大學同學。那人就說久仰久仰。我說，你是？俞翰新說，他就是中央電視臺著名主持人朱小軍。我對他沒什麼印象，電視上是啥模樣，我想不出來，但我還是說：我早就熟悉你主持的節目，我很喜歡。他說，你別……別這樣，我受不了。頓時我覺得這傢伙還有點意思。接著我們就談耶蕾歌的事情，朱小軍的興趣很大，並且認為這事情意義非凡。大家吃飯時又談了些細節問題，盡歡而散。

這可真給我惹上了麻煩，每天跑過來跑過去的，朱小軍對坊城的歷史瞭解了一番之後，認為耶蕾歌的旅遊開發是無可限量的節目錄製的很慢。我第一次參加這種電視節目，有點緊張，朱小軍就逗我開心，依然一臉壞笑。回到家裡，我打開電視，看看中央電視臺的節目，全都不像他這樣，都正兒八經的很。我感到很沒勁。詩黛對我更好了，並不時提醒我點什麼，這主要是因為有一天我可能在中央電視臺的節目裡亮相。

幹了一個星期，朱小軍把節目弄好了，就取名叫《耶蕾歌的玫瑰》，然後滿意地回了北京。我還是忙著學院慶典的事情，沒完沒了的。

朱小軍走後，俞翰新就等待節目的播出，這段時間無限漫長，雖然僅有半個月的時間。朱小軍臨走時說，這節目播不出來，我就算沒到坊城來。俞翰新說，也不能那麼說，不管怎麼說，坊城人民還是歡迎你常來看看。朱小軍說，你就等著吧，俞市長。接著他就回北京去了。

《耶蕾歌的玫瑰》最終沒有播出來，具體原因我不太清楚。據俞翰新說，是因為節目中有關情人節的事情，這也真是「成也蕭何，敗也蕭何」。他說是朱小軍給他打電話來說這事的。

朱小軍還是主持他的節目，特火。後來，我看了他的節目，忙換頻道，怕遭了他壞笑的暗算。反正這也沒什麼，多我一個少我一個觀眾他的節目同樣搞笑，同樣受歡迎。

朱小軍在二〇〇一年出了本書，叫《不過如此》，他沒有提這擋子事。我寫出來，算作《不過如此》的拾遺吧。

13

學院慶典的事情說來就來了。王主任整天笑呵呵的。俞翰新給文學學院題了幾個字，王主任讓懸掛在學院大樓的前廳，坊城市各級幹部，企業、事業單位的凡是與文學學院沾邊的人都來了，這在坊城歷史上是空前的。

學院慶典舉行的那天，晴空萬里，風和日麗。完全沒有秋天的意象。馮憶南從美國回來了，而且還有其他幾位從海外歸來的老文學學院的人。花團錦簇，軍樂團的聲音響徹在坊城大學裡。詩黛她們報社做了專版，我也只好寫文章鼓吹一番。

慶典典禮由坊城大學老校長主持，他先介紹了各位來賓以及各級領導，言簡意賅地介紹完，就宣佈剪綵及坊城大學文學學院揭幕儀式開始，然後來賓就鬧哄哄到坊城大學賓館就餐。

正在喝酒時，俞翰新的秘書就跑進來說，俞市長，你快去看看。俞翰新瞪了他一眼，才說，有什麼事就說吧。秘書就附在他的耳邊說了幾句。他的臉色一下子就變了。他就對大夥說，各位失陪了，耶蕾歌那邊有事等著我處理，我先走了。大家七嘴八舌地說了起來。他走出了賓館大門，戴絲雨從後面追上來，問發生了什麼事。俞翰新說，先去醫院，快點。戴絲雨又說了什麼，俞翰新發起火來。我說，沒事，你去吧。然後又勸戴絲雨，戴絲雨連飯也沒吃，就走了。我忙趕回來，招待來賓們就餐。

終於忙完了這事，我得以休息幾天。王主任說，搞活動就是創收嘛。財務人員說，這次活動淨賺了二十來萬。當然，這錢沒有進入我們的口袋。想想，可真是他媽的不值得。

耶蕾歌確實出事了，在施工過程中，有兩名施工人員一不小心從高處跌了下來，幸好送醫院才免遭傷亡，但亦落下了終身殘疾。俞翰新去醫院看了傷員，要求醫院務必保住他們的生命，不惜任何代價。然後又把建設單位、安全生產辦公室以及其他相關部門的負責人召來，開了一個安全生產聯席會議。這些是詩黛告訴我的。我想問問俞翰新，終於沒有打電話。

馮憶南在坊城待了幾天，說，真他媽的變化大，當初哪兒是這模樣啊。後來，他回了老家。我沒有提及他姐姐馮憶華的事情，但我知道我不會忘記那些事的。

14

秋天的坊城有點頹廢。到處都是枯枝敗葉，看上去無比荒涼。然而近幾年強調了綠化和環境衛生之後就大變樣了。我整天待在家裡，繼續我的小說寫作，偶爾去跟學生上點兒課。我埋頭寫作，甚至把詩黛也忽略了。這不是我的錯，完全是寫作讓我迷失了方向。

一天，戴絲雨來看我們，但詩黛沒在家，我不知道該怎樣招待她。她問我在寫什麼。我告訴她說是瞎寫。沉默，喝茶。她說，你看看俞翰新怎麼樣？我說，他不錯，比我強，優秀的共產黨員嘛，帶領坊城人民奔小康。絲雨說，你不瞭解他。她的神色有點憂鬱了。我嚇壞了，以為他貪污了還是怎麼了。絲雨說，你不瞭解他。我想了想說，你不說我還真不知道，你一說，我才發現我真不瞭解他。他怎麼了？絲雨說，他沒犯啥錯誤。我嚇了一跳。

絲雨說，我還是喜歡你，遇漢。我望著她不知道她說這話是什麼意思，就沒有說話。要是以前她說這話我愛聽，但現在聽見她這麼說我怎麼也激動不起來了。

絲雨說，你別誤會。現在我基本上和俞翰新待在一起了。我嚇了一跳，他可是有老婆的人啊。絲雨低著頭說，這就是命呵，我事業上的成功多虧了他的支持，沒有他我們集團早倒閉了。這成什麼話？可我沒有說。絲雨一個勁地訴說著，我不知道她們還有那麼多事情。

詩黛回來了，見只有我們兩個在屋裡，且關上門，臉上稍有不悅，但還是笑著說，絲雨，是什麼風把你吹來的？絲雨說，想來看看你們了，偏偏你不在，我正要走，石遇漢說你很快就回來了。可真是說曹操，曹操就到了。我說，看你們倆，還跟大學裡一樣。她們就笑起來。接著她們聊了起來，我只好坐在旁邊聽她們說，偶爾插一句。秋天的下午就是這般美好呵。我想起了大學裡的愛情生活。

戴絲雨走了。詩黛問她來做什麼，我說，也沒什麼事，只是順便來看看。詩黛說，你們是不是又舊情復發了。我生氣了，你這是什麼話，她不能來嗎？詩黛說，你凶什麼凶？我怕你嗎？我就更生氣了。

詩黛說，你們男人沒有好東西，我不跟你過了，這日子沒法過了。

我說，你愛怎麼著就怎麼著，隨你。

詩黛甩門走了出去。

我呆呆地發愣，想不明白這是怎麼回事。也沒有去攔詩黛。生活就是這樣不可思議。

我愛的是誰？愛情到底是什麼？我問自己。

我感到無限迷茫。

15

詩黛已經有好幾天沒回來了，電話也打不通。我的心情無比煩躁。我不擔心她會怎麼樣。我待在家裡，無法寫字，去講課又沒有心情。我弄不清我這是怎麼了。

一天，俞翰新說，我們出來喝酒吧。我無法拒絕他的提議，就在電話中和他約定了時間。

穿過坊城大學，走在街上，秋天的陽光明媚，這正是收穫的季節呵。我匆匆地走著，想著什麼，或者什麼都沒想，心有點亂。坐上公車我的心情才稍微平和了一些。

市中心一片繁華。我走在街上，想像著秋天的時光以及美麗的往事。那些早已不復存在了。春天咖啡館在春天大廈的三樓，在走進去，環顧一周，沒有發現俞翰新的身影，春天咖啡館兼營酒吧，這兒是坊城時尚和名流的匯集地。我來過幾回，感覺這裡還是頗有情調的。要了杯啤酒，我坐下來等俞翰新的到來。

音樂在咖啡館裡飄揚，像微風吹來，一池秋水蕩漾著無數的波浪。我昏昏欲睡，這樣的音樂再加上秋天的時光，的確讓人陶醉。

俞翰新是在半個小時之後到的。一見面他就問我和詩黛怎麼了。我有點詫異，但還是微笑著說，也沒什麼。他說，你瞞不了我，她都打進市長熱線裡來了呵。我說，呵呵，這我倒不知道。接著我問他老婆的事。他說，還沒回來，完全是一個工作狂呵。我說，她就不怕你偷腥？俞翰新尷尬地笑笑，沒說話。

喝著啤酒的當兒，我問耶蕾歌的事情。他說進展順利，準備以後年年搞個情人節，發展旅遊還是大有前景的。我問他這有什麼風險沒有。他說，包賺不賠，哪有搞旅遊虧本的。接著他就滔滔不絕的說開了，就像開會時發言那樣。此時，我才發現俞翰新已經不是大學時的那個俞翰新了，那時是什麼樣子，我已經記不起來了。

俞翰新說，大好美景就展現在坊城人民面前，這不僅是時代的潮流，更是坊城老百姓的希望，耶蕾歌搞起來了，將帶動坊城經濟的快速發展，人民生活將步入小康社會。現在已經有名人表示在情人節時到坊城參加活動了，從這個角度來說，更是對耶蕾歌的發展大有好處……我聽著他講著，慢慢喝著啤酒。

耶蕾歌已經按照規劃修起了園林，並造了個人工池塘、小山，並從國外引進來了大量的玫瑰花。坊城的天氣悠悠揚揚的，冬天來了，雪花飛舞，耶蕾歌也沒有停止施工。

我待在家裡看書、寫字，時不時去學院參加例會，給學生們講課。詩黛還是跑來跑去的堅持每天都上班，她的脾氣已改了許多，自那次以後，她好像突然變了一個人似的。愛情在這個冬天悄然來臨。我們的生活又充滿了活力。

詩黛有時候回來的很晚，我等她回來一起入眠，坊城的冬天寒冷無比，似乎比前幾年冷了些；也許是我的錯覺。我寫字寫的很慢，時不時讀點書。我的心情還算是不錯的。

夜晚來臨時，我吃過晚飯就縮進了被窩，寫字時我才發現我寫的字很糟糕，有時一句話想了半天才完成，還經常提筆忘字，多少年來我第一次出現這種狀況，記憶表現的遲鈍，在以前從來沒發生過這事。我是不是進入了中年期？詩黛回來帶進來一屋子寒氣。我說，外面冷啊。她說，就你躺在被窩裡舒服。接著她說今天坊城發生了什麼什麼事，我毫不在意地聽著，對於新聞，我已經沒有多少興趣了。

她躺進被窩，渾身冰涼，我握著她的手說，凍壞了吧。她說，沒事。我們相擁而眠，在這個冬天，我有了相依為命的感覺。

16

陽光灑在光禿禿的校園裡，我到文學學院去。昨晚學院領導王主任說讓我今天去一趟，有重要的事情商量。我問他是好事還是壞事。他說當然是好事。我又問是什麼事。他笑著說你明天來了就知道了。我走在校園裡，仍然想不出王主任說的是什麼事。我邊走邊想，心情極好。校園裡三三兩兩的學生走著，時不時有笑聲傳來，坊城大學外面偶爾有機器聲響起，那是從耶蕾歌工地上傳過來的。

王主任沒在辦公室，我到其他辦公室轉了一下，然後看到了魯迅文學院寄來的信件，我拆開了它，是一封招生的信，說是作家進修班。我很生氣地把信件丟進了紙簍。我不會去的，況且我也不喜歡作家這個稱號。

我到圖書館去了一下，他們整理出了一批舊書，我就選了幾冊書。我已經好幾年沒進圖書館借書了，在大學時，我就沒養成這個習慣，直到現在，我仍然不習慣這個，但遇到中意的書，還是樂意讀一下的。

再折回文學學院時，王主任已回了辦公室。他說，石遇漢，你的運氣硬是好，你評上教授了。然後遞給我一個紅色的本本。我打開那本資格證書，果然是評上教授了，就連忙說，謝謝你了，王主任，週末請你吃飯。王主任說，好好。不過，這消息還是要正式公佈出來好一些。於是我就把資格證書還給了王主任，邊說那是。但我還是要請你吃飯的。

回來，我就把這消息告訴了詩黛、戴絲雨、俞翰新。她們說，你要請客啊。我說，行，行。她們又恭賀了一番才掛了電話。

詩黛回來的很早，紅光滿面的，並且買了些吃的。我說，詩黛，你怎麼回來的那麼早？

慶賀你當上教授呀。她說。

雖然這是極令人高興的事情，但我還是提不起太高的興致，名利好像於我已是身外之物了。詩黛見我淡淡的，就倒在我的懷裡，我吻她，長久的，那麼深情而又專注。天地在一剎那間變了，成了我倆的天地。

我們做愛。我們忘乎所以。

這個冬天，我心裡仍然是激情澎湃的。

17

冬去春來，耶蕾歌已經面目一新，那些酒吧、咖啡館已經消失得無影無蹤，好似前塵舊夢。

我去參加了耶蕾歌的開園典禮，然而我找不到了舊有的感覺。那天，好多的媒體都來報導坊城這盛況空前的大事。俞翰新紅光滿面，旅遊局的人也無限風采，戴絲雨成了坊城最具知名度的女企業家，受到了媒體的追捧。

典禮結束了，我們進入了耶蕾歌，仿古建築典雅而又別具風格，只是人工雕琢的太多，就失去了天然的本性了。我和戴絲雨走在了一起，邊走邊聊著耶蕾歌的發展前景。此時，一個女孩喊我：石教授，我們想採訪你。然後就一部攝像機跟了過來，是坊城電視臺的。我說，你們最好採訪戴總。戴絲雨笑著躲在一邊。女孩就說，石教授，你寫的文章真好。我說不過如此罷了，沒什麼呵。女孩又說，你別謙虛了。我們想問一下耶蕾歌的事情。這又有什麼好說的？我想說，但看著女孩我說不出來了，就大致地談了一下，然後女孩遞給我一張名片，我接過來一看，上面的名字是安憶。我說，你的名字倒別致。女孩笑笑，又和戴絲雨說了幾句話，就跟著攝像機走了。

詩黛沒有來，她最近在忙著做什麼專題策劃，忙得不亦樂乎。我看著她就想起了從前她的寧靜。在和戴絲雨走著走著我就出了神。

戴絲雨說，詩黛就是好，沒想到經過這些年你們還是走到了一起。我說，還不是緣分，那時你是看不上我呵。她說，現在你又看不上我了。然後就自顧自的笑起來。現在，現在我們在一起又能怎麼樣呢？

耶蕾歌的開發讓俞翰新一下子有了政績，他很快調到省裡去了。戴絲雨整天在忙著耶蕾歌以及公司的事情，我已經有很長一段時間沒見到她了。有時我去耶蕾歌轉轉。花兒盛開，綠樹並不顯得濃蔭，草坪還有裸露的地方，但這並沒有擋住人們和旅遊者進進出出。楊貴妃的塑像在花叢之中，顯得很熱鬧，一些情侶在這裡流連，好像春天就是催情的季節。

我依然在寫我的東西和教書育人，這樣的生活讓我覺得很充實。假如不出意外的話，我會這樣做一輩子的，我常常這樣想。

王主任已經退休了，這跟我並沒多大的關係，可我還是常去他那裡看看，他說，現在好了，可以好好休息幾年了。我說，這就是社會主義社會的優越性，資本主義就不是這樣了。王主任沒有什麼愛好，在工作崗位上太忙了，閒下來就無所適從，到哪兒去都不舒心，他說這些話時只不過為了寬慰自己。我說不出更多的理由來勸解他，這個孤獨的老人。有時在耶蕾歌我會遇見他，他說，這比人民公園好呵。我不大知道這個。據說早先去人民公園的人們現在大都改去耶蕾歌了。

詩黛和我結婚以後，對我就大變了樣子，這多少讓我有點激動，雖然我們彼此早已熟知，她關心我的身體狀況，一有感冒什麼的她都會認真對待，讓我吃藥，讓我好好休息，以前她可不是這樣的。

晚上，有時我寫字寫到很晚，詩黛就會給我煮杯咖啡什麼的。她說，你是我的唯一，我怎麼能不好好地對你呢。她說的也是。許多女孩對男生就是這樣，結婚以前和結婚以後完全不一樣，這有什麼道理可講，我不知道。

愛情就是這樣子的。沒有多少道理可講。詩黛有天晚上這樣對我說。其實，關於愛情，從來沒有什麼真理，看多了韓劇，大概只有哭哭啼啼的樣子和故事情節了，像我這樣的生活，算不算一種幸福，我搞不清楚。

18

出了坊城大學，往右走不多遠，就是耶蕾歌。如今的耶蕾歌不但成了坊城的旅遊景點，在省裡也排上了號。據說聯合國教科文組織將組織專家來考察一下，看看是否能可持續發展。這讓坊城上下，特別是景區忙乎了好一陣子，更換軟體呀，增加景點內容呀什麼的。但那波人終於沒有來，耶蕾歌的生活很快的平靜了下來。

戴絲雨說，石遇漢，你忙什麼啊？我在電話中說，沒忙什麼。那就出來喝茶吧。她說，我請你。我說，這好像吃大戶吧，不過這樣也好呵。

見了面，我才發現戴絲雨消瘦了些。我說，你可得注意身體啊。她笑笑。我想說什麼，可一時又找不到話說了。喝茶。音樂像潮水一樣漫過來，我望望戴絲雨，她好像沉醉於音樂之中了。那是《梁祝》。

梁山伯與祝英台的愛情。綿纏悱惻。不香豔。

我也留心去聽，想起那遙遠的往事……

耶蕾歌的玫瑰。我望望戴絲雨，望望窗外。她說，真的有這樣的愛情嗎？像童話一樣。我說，信不信由你。戴絲雨說，現在我們的同學中就你和詩黛幸福了。你也不錯嘛，事業有成。我笑著說。可是，誰又知道我們的心事？她的眸子暗了下來。

她的心事？她能有什麼心事？我記得在大學裡戴絲雨就沒有過什麼心事的，整天樂呵呵的。我沒有問她。

她喝著茶，姿勢無比的優雅。

我問她耶蕾歌的事情。我問她俞翰新怎麼樣了。我問她亂七八糟的事情。

時間已是下午，陽光從窗子斜了過來。我說了許多話，像喝醉了酒一樣。戴絲雨微笑著聽著，時不時說笑一下，逗得我愈加開心了。就又說起別的事情，我忽然覺得這個下午竟然是那麼好。

戴絲雨說，你看，誰來了？

我順著她的視線望過去，是詩黛在往樓上走，一個男的陪著她，他們有說有笑的，我沒去理他們。戴絲雨說，小心你老婆跑了啊。我笑了起來，她不是那種人。然後我們又扯別的事。但我的心很快被戴絲雨的話嚇壞了，詩黛會不會和那個男人……天知道。我感到心情沒來由的煩亂起來，就沒有了多少興致說話了。

戴絲雨說，石遇漢，你怎麼那麼小心眼呀，又不是詩黛真的跟別人走了。我笑笑，有點不自然。我弄不明白這是怎麼了。我留意著樓梯，他們沒有下來。我去趟衛生間，順便給詩黛打電話。我問她在哪裡。她說，我在辦公室。我立時沒有語言了，她在騙我！我那麼相信她，她居然說在辦公室裡，我真想到樓上去把她揪出來。可我不能這樣做。我是大學教授，這種有辱斯文的事情我怎麼會去做呢？走出來，我的臉色很不好。這從戴絲雨的眼神中也看得出來。她說，走吧，我們去喝酒。我不想去，想靜靜地一個人待那麼一會兒。她說，那到我那去喝酒吧。我沒有拒絕。忽然我看見詩黛走了出來，男人跟她說笑著，他在她屁股上拍了一下，她向他還擊。我真想出去制止他們的行為，我沒有動。他們來往了多久了呢？

戴絲雨開著車向她的家裡馳去。我想給詩黛打電話，可我找不到話說。戴絲雨安慰我說，沒事，詩黛肯定不會做出那種事的。我不置可否地笑。街上的行人匆匆地走著，我看著熟悉的街市，想一下，有居住在他城的感覺湧上來。

戴絲雨的家在坊城的東面，一套很歐洲的房子，她一個人住著。我到她這來過幾次，可是我總不習慣這種空空的大房子。走進屋裡，戴絲雨說，把憂鬱都忘掉吧，讓我們縱情喝酒。說著，她從酒櫃裡找出了紅酒、啤酒什麼的。

你愛喝什麼就喝什麼吧。她笑著說。

還真難怪她記著我的這個壞習慣。在大學裡，我就這樣喝酒，白酒、紅酒、啤酒、可樂、飲料亂喝一氣，全憑心血來潮喝酒，我一直覺得這樣才能對人生多幾分體味。現在也是如此。我對戴絲雨露出了笑容。

她給我先倒了杯紅酒，然後舉起了杯說，來先祝你榮升教授，希望你多培養幾個諾貝爾文學獎得主。我立刻打斷了她的話：別，別，咱的水平你也是知道的，只能在坊城混混而已，諾貝爾獎倒真他媽的是奢望，你不見那些名人都不成，咱有啥能耐啊。她說，喝酒，喝酒。我說，喝酒，喝酒，喝酒。玻璃杯就碰在了一起，發出脆響，在房間裡輕輕地回蕩了一陣，就彌漫開來了。

就這樣喝酒、聊天。如你所知我是個保守的文學學院的教授。但戴絲雨和我關係不錯了那麼一陣。現在呢？我想應該不會發生什麼事。所以，在喝酒時我仍然在想詩黛和那個男人的事情，怎麼也高興不起來，有點鬱悶。戴絲雨見我如此，就一個勁地勸我喝酒。

酒精真他媽的是一個好東西，轉眼之間就可以物是人非，別的什麼都可不管不問，理智也起不了什麼作用了。

那回，我確實喝了不少酒，似乎也發生了什麼事。我已無法記得。

19

傍晚時分，我行走在坊城大學校園裡，旁邊的詩黛一言不發。我沒問那天下午的事情，只是打那天以後不高興了，詩黛也沒說那天的事情。我不知道該怎樣處理這件事情，和詩黛待在一起已經少了一份激情。

事情已經過去了兩周。詩黛問我有什麼心事不是。我說，沒有。她撫摩著我，萬分的柔情，但我很快躲開了。此時，彷彿一雙手正在撫摩著她，我為這個想法嚇了一跳。我也聽說了一些記者的逸事，都是挺色情的。我沒有想詩黛會不會這樣。現在，我倒想知道這個了。詩黛說，你怎麼了？是不是身體不舒服？我對她說，不想做那事。詩黛就躺在我的旁邊，翻來覆去，我不去理她。夜晚變得無比漫長起來。

過去沒有這樣過，這並不代表現在沒有問題，更為要緊的是，我們的生活似乎出現了問題，我不知道該如何去做，順其發展呢，還是來個一刀兩斷。我以為感情這事就是三下五除二，很快就能搞定，但現實生活中，卻不是那麼容易分的清楚。

去講課時，我也心不在焉的。我想我還是在為那件事不安，我想應該和詩黛談談了。

詩黛走了。詩黛離家出走了。我回到家裡，看見她留給我的紙條，我才知道她走了。

她為什麼而走？我不知道是因為那個男人還是因為我。我給她打電話，手機已是空號了。我給《坊城晚報》打電話，說她沒有上班。

待在家裡，我覺得百無聊賴，居然落了個這樣的下場，這是不是有點悲慘？從來，我沒想過這等事。我無所事事，什麼也不想做，去酒吧喝酒，也少了一份心情。即便躺在床上，我也一直在想，到底這是怎麼回事？當然沒有原因，沒有理由，甚至於我不知道這事是從哪兒開始的？我上次看到的那樣嗎？似乎不是的。也許因為工作，但她絕不是隨意逃避工作困難的人。

其實，我知道這事時，我一時沒了主意，有些慌亂。不知道怎麼，我想起了同事老曹，他帶幾個研究生，老婆都換了好幾個，都是自己的學生，好像走馬燈似的，他是不是也有這樣的煩惱？我猜不出來，從他的工作狀態上看不出來。是我有次在詩黛面前讚美了老曹的做法嗎？引起了她的擔心，我不確定，那時候還只當這是玩笑話，沒當真的。

如此亂七八糟的想了一回，依然是沒有什麼頭緒。

電話一直沒有響，我望著它發呆。

戴絲雨打來電話問了我幾句什麼，隨口就問了一句，詩黛還好嗎？

我說，她已經走了。

為什麼？她顯得有些詫異，前段時間不是看到你們還是很恩愛的嘛，怎麼會搞成這樣，是不是你的問題？你這樣的男人我見多了，有點小權力，就不把老婆放在眼裡了，總覺得可以三妻六妾的。自以為是皇帝呢。

不為什麼。

沉默了一陣，戴絲雨又問了一句，你們是怎麼了？

沒有怎麼了。我說話都有點有氣無力，如果我知道怎麼了，也許不會發生這種事情，就是不知道為什麼，才這樣的啊。我沒有跟戴絲雨解釋，解釋也解釋不清楚的。

可憐的人，你就不惦記詩黛嗎？

我找不見她。我說。

他們似乎約好了似的。過了一陣，電話響了起來，是俞翰新。先是客氣地說幾句，然後他就說，石遇漢，下次到省城來，一定把詩黛帶來，我們好久沒好好的聚聚了。

詩黛她走了。我說。看來這事鬧大了，俞翰新是關心我跟詩黛的感情，還是關心詩黛呢？我不確定。

她怎麼走的？他繼續問道。

我不知道。

你不是她男人嗎？你怎麼會不知道。聽上去俞翰新真的有些生氣。你以前可不是這樣的人，什麼時候大學教授變成你這樣子了。我們讀書的時候，大學教授可都是國家的脊樑，做事認真靠譜，哪兒像你這樣了？

我真的不知道。我不理他的茬兒，回了一句。

肯定是你出了問題。他說，男人在感情面前是最不理性的了。

也可能是詩黛哦。我說。

那怎麼可能，詩黛是那種水性楊花的女人嗎？她對你始終是有感情的，都過了那麼多年，她還能跟你結婚，說明的是什麼？不是因為你們之間的親密關係的見證嗎？他繼續說。

也許你想的多了。我說，我們之間的關係，到現在我還沒搞清楚是怎麼回事的。

你就是這樣的人。我告訴你吧，戴絲雨為什麼沒有選擇了你，是她看透了你的本質。他說。

我掛了。我覺得這是他媽的瞎扯，對我的感情是一種詆毀。我真想說，俞翰新，你不要以為你現在官做大了，就自以為懂得的道理多了，感情也搞懂了，其實，你只不過是一個普通人罷了。我沒有這樣說，我犯不著跟他一般見識。

20

夏天說來就來了。我的生活仍然沒有多大改變，這主要是我越來越不喜歡出來交際了，整天待在家裡看書、寫字、上網，除了去給學生們上課之外。當然，我還會偶爾去看看戴絲雨，或者去耶蕾歌看看。如果要說變化的話，可能是我這個人越來越不好玩了，大家見了我都疏遠了點，也許更深層的原因，是大家對教授這樣的人物沒有興趣了。

聽說詩黛到北京去了，又說在上海，後來是在廣州，她沒有給我來電話或者信件，她走了已經有好幾個月了。我對她已經沒有什麼想念，只是偶爾才會想起她，這不是我對她的感情不深，而是我愛的太苦的緣故。日子就這樣一天天的過去。我想，許多古時熱鬧也就是這樣一天天的過去了，儘管在歷史上沒留下什麼，但仍不妨使他們成為古人。現在，我知道這種想法多麼不切實際，但這成了我生活的樂趣。

詩黛以後會怎麼樣？我們之間還會繼續嗎？我已經心不存什麼奢望，緣分的解釋或許更為恰當，但我知道，我們之間的事似乎已經脫離了韁繩的野馬，奔馳在原野上，我們看到的只是一個遠影，看不真切，我也懶得去區分這是夢幻，還是現實，這對我來說，並不是最重要的。

坊城大學現在經過發展，已是今非昔比了，教育部說大學要辦綜合大學，要面向二十一世紀。所以坊城大學把附近的中專醫校、旅遊學校合併了過來，就成了名副其實的大學。這樣，我因為對耶蕾歌的開發作出貢獻，在旅遊學院成立之時就自然而然地成了院長。本來我不想當這個院長的，但學校認為我當院長對坊城的旅遊開發最好，我再推託就不成了，而且領導拍板的事，我又豈能輕易推翻的了？事情就這麼變得不可思議。其實我對旅遊倒真的很無知。

我的日常生活全被打亂了。我是個認真的人，旅遊專業對我來說是空白，我首先要惡補這些東西，這樣我才無愧於我的職務。這樣，你一定覺得我很可笑，因為有一些所謂的專家教授其實不過徒有虛名，完全是不學無術之輩，在專業上可能很無知，卻不妨他在仕途上的發展，這些人你一定知道一些了，我也就不列舉了。可我是個認真的人，這就給添了許多麻煩，雖然我不用給學生上課，可我也不能輕而易舉的發言。因此，我變得鬱鬱寡歡，雖然升了官。

戴絲雨、馮憶南、俞翰新對我的升遷表示了極大的關注。在旅遊學院成立儀式上，俞翰新專門從省城趕了過來，那天的場面很宏大，規格很高。事實上也是如此，我被弄得暈頭轉向了。

幹了兩個月，我終於吃不消了，只好向學校遞交了辭呈。我還是到文學學院做我的教授去，生活又跟從前一樣。

耶蕾歌得到了更進一步的發展，每年都吸引了大批的旅遊者，成了全省著名的旅遊景點。戴絲雨賺了不少錢。當然我也是從中受惠者，這個不足為外人道也。

21

詩黛在我的記憶之中已經漸漸淡去。她走了已經兩年，我只是偶爾從朋友那聽得到她的消息。我的生活平靜如水。偶爾和戴絲雨混在一起，我們在一起時常常回憶起大學的時光。

那已經是很久遠的事情了。但戴絲雨一說起來就眉飛色舞。我看著她，時不時想起點什麼來。她的臉上光澤依然，但已經和從前不一樣了，難道她不覺得嗎？我沒有問她。看著她開心的樣子，我就說，絲雨，那時的日子多好啊。但我不敢更多地去看她。

我們坐在她的大房間裡喝茶，看太陽徐徐的落下，那一刻我才知道什麼是眷戀。我們一直看到太陽落下去，遠遠近近的燈火亮起來，才走進來，誰也不說話，那時彷彿都被心事給壓住了。然後，我匆匆地告辭，或者陪她吃晚餐，就那樣過了許多時間。

有回，一個女孩走進了我的視線，她是我的學生章魚，我不知道我是不是愛她。她常常到了這裡來玩玩。她會做菜，會陪人聊天。我覺得我又回到了從前。她有時來問我問題，有時借書，有時還書。這樣來往了一段時間，我始終在猶豫，我不知道我在猶豫什麼。

章魚在我生日那天帶來了一束玫瑰花，我倒沒把生日記在心上，以前我也是這樣。所以章魚進門的時候，我愣了愣，還以為是別人送她的呢，就笑了笑，但很不自然。她說，你喜歡嗎？我說，你說呢？章魚就笑了起來，我們開始準備晚餐。在吃飯時，章魚說，祝你生日快樂。我這才想起來，就又下樓買了兩瓶紅酒，說，你怎麼知道我的生日的？你快說。她狡黠地一笑：就是不告訴你。

我們吃飯、喝酒。沒有想到她醉了。我不知道該怎樣才好。後來，她就吐了一地，邊說著酒話，這孩子怎麼能這樣呢？我給她水喝，幸好詩黛沒把她的衣服全部帶走，折騰了好一陣，才把她弄上床，然後我拖地板，又是收拾桌子上亂七八糟的東西。

躺到床上，我已經累得不行。章魚說，我想洗澡。我說，睡吧，睡吧，睡一覺就好了。她仍然說要洗澡，我勸不住，只好去衛生間弄洗澡水。可她剛進衛生間，就又吐了起來，接著就是一陣水響。我怕出事兒，只好在門外等著。章魚說，我沒事兒。我說，我放心不下。

章魚洗了澡就又躺回床上。我也躺到床上。她說，我愛你。你看不出來嗎？我說，別逗了，先睡覺再說吧。我說這話不是我無動於衷，而是想著我這麼做然後又會發生什麼。

事情就是這樣：我和章魚睡在了同一張床上，我終於禁不住內心的欲望，將她攬在懷裡。她說，我愛你。我說，就在今晚上吧。我們做愛。章魚說，慢點，慢點，你把我弄疼了。我們幸福的夜晚就這樣來臨了。

我們待在了一起，仍然是師生關係。章魚經常來看我，我的生活開始了新的天地。情人節那天，我和章魚去了耶蕾歌，那裡人山人海，玫瑰到處盛開。我說，我們是什麼關係？章魚微微一笑，說，當然是師生關係啦。在玫瑰叢中一些男女照相、說笑著。多麼晴朗的天氣。我說，給你照相吧，章魚。她說，不啦。我們走出了玫瑰叢以及歡笑、照相的人群。

耶蕾歌的玫瑰盛開著，如同愛情一樣，誰也不知它會在什麼時候凋落。

苗煙教授

一

生命誠可貴，生活價更高，若為苗煙故，二者皆可拋。

——摘自方腦殼文選第一〇一卷

不想，不要。你什麼都不知道。

什麼是愛情？你不曉得。

喜歡不是愛。

好了，好了。我不說那麼多了，還不明白嗎？豬頭。苗煙一直不明白她為什麼要給學生豬頭講這些事情。她有些生氣，但不知道是生哪個的氣。

苗煙是坊城大學的管理學教授，多年以來，她在學界以管理研究著稱，她曾經留學中國的四川大學。她講課幽默風趣，雖然年紀有些大了，但保養得好，看上去和在校大學生相差無幾——假如你不留心她額角的幾條淺淺的皺紋的話。所以很多學生喜歡聽她課，有什麼問題也喜歡和她交流。

豬頭不是她班上的學生，是中文系的，不知怎麼和管理系的蘇雅勾兌到一塊了。反正就那麼回事吧。像這樣的破事苗煙教授每年都遇到好幾起，同學們信任她，有什麼話都跟她說，苗煙教授也樂意聽，雖然她很不看好學生的這種戀愛。她知道這些愛情很美麗，但很脆弱。她想每個人成長都會經歷這樣的事情的。

苗煙教授剛從外地出差回來，連休息都沒休息，豬頭就跑過來了，一副神情沮喪的樣子，本來苗煙教授想休息一下的，但看到一個男生這樣子，就忍住了。豬頭說，蘇雅不理我了。本來剛開始她沒有這樣的意思，我們去吃飯，她就忽然生氣了，說，以後不要再理我，然後就走了。

豬頭說，我不明白是怎麼回事兒。

豬頭說，苗煙教授，你幫我分析一下怎麼了？

苗煙教授問了一下情況，然後說，沒有多大的事情，你先回去吧。

然後，豬頭說，真的沒事兒？

沒有。

等豬頭走了以後，苗煙教授就覺得這樣的事情有些不可思議，我為什麼要管這些破事，我是誰啊？然後她覺得自己太過分了些，自己的事情還沒有解決呢？她就想該和現代文學研究所的方腦殼談談了。方腦殼一直很喜歡苗煙教授，他起先也是有事沒事的往苗煙教授這裡跑，就是說一陣子話，也不談古語或者管理，苗煙教授覺得方腦殼是個很不錯的人，但是這是不是愛情她不知道。雖然方腦殼暗示了這樣一層意思。

說曹操曹操到。這時門鈴響了。打開門，苗煙教授就看見方腦殼捧著一束玫瑰花站在門口。她愣了一下，方腦殼就說，苗教授回來了哈。苗煙教授就微笑著說，你看，我剛回來，你就來了。方腦殼說，晚上有安排嗎？我請你吃飯。苗煙教授本來想說，不必了，但她又不想拂了他的意，就點頭答應了下來。

校園裡的喧鬧已經淡了下去，夜晚的校園裡格外幽靜。苗煙教授和方腦殼從五月花餐廳出來時，兩人在校園裡散了一會步，苗煙教授說，我有些累了。方腦殼說，那我送你回去。

從學生宿舍經過時，苗煙教授看見豬頭和蘇雅激情地擁抱在一起，她搖了下頭，而後方腦殼也看到了。苗煙教授覺得方腦殼看了她一眼，很深情的，她一下又不敢確定，她們沒再說話，一直往前走去，前邊就是苗煙教授的家。

二

你知道什麼是愛情嗎？你知道嗎？你知道的是什麼啊……

——苗煙語錄

愛情這種東西沒有道理的很。

我還會相信愛情嗎？

愛情，過去了，一如夏天的離去，不再。

這些年，苗煙教授一直忙著做學問，忙著解決同學的問題，她不知道自己還沒有戀愛。這很奇怪。當方腦殼出現的時候，她還不知道，以至於有天方腦殼約她出來喝茶，她還以為是方腦殼是很有興致的人，不知道方腦殼很喜歡她了。

這事說來有幾分好笑。但學生對苗煙教授可是敬若神明。方腦殼很不安，因為這樣幾次之後，苗煙教授也沒有什麼表示，她給他講現在的學生不像他們當年那樣了，說來說去，她都好像要繞過她自己似的。也許她知道，只是不願意承認自己的感受罷了。

學校裡風傳了一陣子苗煙教授和方腦殼戀愛的事情。單位要分房子了，人們就猜測她們是打房子的主意。

他們不慍不火地進行著。房子分完了，他們也沒有結婚的意思。沒誰知道他們之間的關係。

按照現在的男女時常的做法是，先來點實際的，然後考慮其他的。

苗煙教授和方腦殼不是這樣。

這之前，苗煙教授遇見過一個心愛的男生，那男生對苗煙教授很好。這些，都寫進了那些情書裡，苗煙教授覺得他還是孩子，就勸他好好讀書，男生知道這些，男生卻無法自拔（苗煙教授覺得），她沒有辦法，她無法接受，其實是當時的社會上還不能容忍師生戀的存在。在坊城第一中學，一個教高三的男老師和一個女生搞到一塊了，男老師那個尷尬啊，沒法形容，單位立馬開除了他的教職，女生在學校裡更是無臉見人，就跳樓了。男老師為此判了刑。

苗煙教授想到這件事就覺得生活有些可怕。

男生喜歡苗煙教授，就經常朝她那跑，也是沒有事，就是去望一眼，而後，苗煙教授把他轟走了，狠狠地說，這孩子怎麼這樣沒出息啊，怎麼盡想著這些亂七八糟的事情。她不明白。

男生死活都要來看苗煙教授，苗煙教授很生氣，就罵了他幾句，說，你知道什麼是愛情嗎？你知道嗎？你知道的是什麼啊……

男生氣呼呼地走了，苗煙教授的心還沒有平靜下來。

方腦殼不曉得這些事情，方腦殼很鬱悶。

苗煙教授啊苗煙教授，你怎麼就這樣對我呢？一天，方腦殼跟朋友在一塊喝酒，喝到一半，他就決定去找苗煙教授問個明白。

朋友說，去吧去吧。找你的愛情去吧。

朋友繼續喝酒。

過了大概一個小時，方腦殼又回來了，他說她到了苗煙教授家，才發現苗煙教授出差去了。

這樣一來，方腦殼的激情一下子就沒有了。

那天，方腦殼喝得爛醉，他想苗煙教授見到他這樣子一定心疼的不得了，趕緊來照顧他，關心他，給他倒水，抱怨他喝酒喝得太多了。他想苗煙教授還是愛他的。

第二天醒來，他惟有頭疼的厲害。

三

散了，放了，一切就這樣，你們無法挽回。

——苗煙語錄

豬頭，你真是豬頭啊！蘇雅說。

我不愛你了，你知道嗎？你有什麼呢？

我需要的是享受的生活，你能給我嗎？

豬頭搖了搖頭。

所以，我們就這樣，談什麼愛情，ＴＭＤ。

愛情能當飯吃嗎？不能。

蘇雅衝豬頭揮了揮手，說，再見。

豬頭怎麼也想不明白，蘇雅為什麼要這樣。蘇雅以前跟豬頭的關係很好，雖然有時吵幾句，但絕對沒有到分手的地步。他們在一起不是一天兩天了，而是四年啊。四年會發生多少事情，會使多少人得到愛情，使多少人遠離愛情啊。豬頭是很愛很愛蘇雅的，這幾年就是這樣。

蘇雅是很普通的女孩子，許多人看不上眼，她剛進入苗煙教授班裡的時候，毫不起眼，但只要稍微留意，就會很快發現她的與眾不同。豬頭是在一次舞會上見到蘇雅的，那時，蘇雅有個男朋友，對蘇雅不夠好，在豬頭介入進來的時候，蘇雅的心情正不好，所以，蘇雅就說讓豬頭揀了個大便宜。豬頭對蘇雅很好，雖然這樣說，但也不是萬無一失的。蘇雅喜歡讓豬頭有事沒事就跟著，開始時，豬頭就這樣跟著她跑來跑去，後來，就沒有那個耐心了。蘇雅說是豬頭另有新歡了，就鬧，豬頭自是憐愛她的，但年輕人都有個耐力的問題，長時間的這樣鬧下去，自然不是辦法。

豬頭找苗煙教授好多次了，說這事怎麼辦？一副愁眉不展的樣子，苗煙教授是心腸特軟的人，看到他這樣子，就指點他怎麼做，豬頭按著苗煙教授的教導再次贏得了蘇雅的芳心。事情就這樣斷斷續續地進行著。

豬頭再次找苗煙教授。當時，苗煙教授因為什麼事情不開心，就對豬頭說，散了，放了，一切就這樣，你們無法挽回。豬頭起初不明白，就問苗煙教授說我堅持了這些年難道就這樣放棄嗎？苗煙教授搖搖頭，不再說什麼。豬頭沮喪地走了，他沒有想到苗煙教授會說這樣的話，就像他沒有料到他和蘇雅的愛情會是這樣。

坊城大學裡是新建的大學，但規模卻不小。比如管理系就有一幢大樓。管理系教授朱朱和苗煙教授在一個辦公室，但兩人很少來往，主要是朱朱太忙，很少有時間待在辦公室裡。苗煙教授也忙，但她喜歡一個人靜靜地待在辦公室裡，看看書，準備一下教案，或者發一會呆。朱朱過來和她打一下招呼就埋頭處理自己的事情了，原來，系裡看好他們兩個。但是，當事人都沒有這一層意思，以至於系主任開會時旁敲側擊地提醒他們。

那時的苗煙教授的家人都希望她早日完成婚姻大事。在坊城大學裡有這樣一個優良傳統，一有未婚青年男女就都幫著介紹對象，苗煙教授也沒少去相親，但都不大滿意，她也不知道她需要的是哪一種，直到有一天，她發現她喜歡的是朱朱，也說不清楚是什麼原因。她那時還是很羞澀的人，自然是不好直接向朱朱表達，直到有一天，朱朱告訴她說，他要結婚了。

苗煙教授很失落。她想找朱朱談談，終於沒有說出什麼話來。原來，愛情就這樣，錯過了苗煙教授，錯過了朱朱。

四

年輕時候喜歡一個人，總有一種極端的情緒在裡面。

——苗煙情語

苗煙！苗煙！

好像是在夢中一樣，她聽見一個聲音這樣喊她，在她年輕的時候，她就聽到了，她不敢確定是喊她。就像她不敢確定是否還會有愛情一樣。這讓她有些沮喪，想來人生短短的一場竟然沒有發現愛自己的人，是否有點可悲呢。其實這不是事實，她知道有人愛她。甚至有人用花開極致來形容她了。

他愛她。

她也愛他。

苗煙教授卻無法接受他。

那天，系裡幾個教授在一塊吃飯，朱朱帶來了一個男人，看上去挺爽目的。男人一見苗煙教授就套近乎，朱朱介紹他說是坊城新聞報的記者，然後又說這是苗煙教授。男人說，久仰大名了，苗煙教授。苗煙教授微笑著說，幸會，幸會！也早知道你是厲害的人物呢。其實，這是敷衍，苗煙教授對任何一個陌生人都這樣恭維，以至於男人興奮起來，從口袋裡拿出一張名片來，說，以後還請苗煙教授多指教。苗煙教授客氣了一下接了名片，男人又要了苗煙教授的電話。然後大家吃飯。

就這樣，吃飯，男人有話沒話的跟苗煙教授搭腔，也沒有說什麼，就問問工作什麼的。後來，大家就散了。

苗煙教授回到家裡才想起忘了男人叫什麼名字，找找名片，不見了。苗煙教授經常這樣把一些人的電話啊名片啊什麼的忘了，老記不住。她想給朱朱打電話問一下，又不大好說。算了算了。我又不是小女生，幹嗎這樣啊。這樣一想她又覺得自己好笑起來。

但是，苗煙教授看出了男人對她的好感。

這樣一想，苗煙教授就覺得自己是瞎鬧，以前也發生過這樣的事情，真是麻煩的要死，那些男人一聽見別人說好話，就以為會有一場豔遇似的。所以，苗煙教授對自己無數次說，見到陌生男人不許說好話，可她都管不了自己似的，照說不誤。

果然，到了晚上，男人打來電話，請苗煙教授出來喝茶。

呵呵，改天吧，我今天有點事情。苗煙教授這樣說。

男人說，我順便請教一些問題啊，你不會放棄上課的機會吧。

這樣啊，在電話裡說吧。

電話裡說不明白的，不是一個小問題。男人中氣十足地說。

那好吧。

許多年了，苗煙教授過著單身的生活，她不知道這種方式是否好，她想不明白自己追求的是什麼。

看見學生們轟轟烈烈地戀愛無怨無悔的樣子，苗煙教授心裡也會有一種顫動，但她知道這些很快會過去的。

年輕時候喜歡一個人，總有一種極端的情緒在裡面。她對戀愛中的學生說，這種感情是最可珍貴的，所以，不可褻瀆。

惟有愛令人高尚起來。許多年以後，苗煙教授發現自己竟然這樣無知，不由得傷心起來。

她知道，自己錯過了什麼，但她不願意承認自己罷了。

五

男人的肉體游離著，女人的肉體也游離著，不是不能融合的問題，而是根本沒有必要融合。

——苗煙語錄

現在，我要講一講老趙的愛情了。

老趙是物理系的教授，現在四十多歲，看上去儼然三十多歲的樣子了，風度翩翩，在坊城大學是出了名的。喜歡他的人很多，雖然他離婚了。這樣，對他的議論就多起來，有說他是色鬼的，有說他是正人君子，但他不在乎這些，依然我行我素，直到有個女生家長找到學校，說老趙騷擾女生。其實這是什麼事兒啊。都是成人了，誰還能騷擾誰啊，大家不過玩笑一下，心照不宣罷了。

學校一下就慌亂了，不知道該怎麼處理。

苗煙教授作為坊城大學裡的管理層參加了這次處理活動。鑑於老趙的成績和學生家長的態度，學校就給家長一筆錢了事。不過，苗煙教授的態度是，這樣侵犯了老趙和學生的自由，因為憲法對這些沒有作出規定，也就是說老趙和學生應該享受著這種戀愛甚至做愛的自由，別人不得干涉。後來，這事還引起了全國的討論，當然，結果是不了了之。

老趙很感激苗煙教授，並且把她引為知己的地步，但苗煙教授一貫是崇尚自由的，對老趙的做法也作了反思，最後，苗煙教授得出的結論是，男人的肉體游離著，女人的肉體也游離著，不是不能融合的問題，而是根本沒有必要融合。所以離婚的事情正在成為社會的新浪潮。這樣一來，苗煙教授就愈加覺得婚姻是可有可無的了，對愛情的念頭就更暗淡了。

事實上，社會上正如苗煙教授預言的那樣，愛情越來越成為稀有的物件，有天，苗煙教授和一個學生討論起管理的事情，不知怎麼就扯上了愛情。學生說，愛情，什麼是愛情啊？這事兒是個問題。有性，有快樂，就夠了。愛了，恨了，聚了，散了，有什麼意思啊。學生的話讓苗煙教授一震。

苗煙教授想不到學生竟然都如此了，雖然她覺得這是社會的悲哀，但亦無可奈何。這樣的事情，苗煙教授還遇到過好幾起，她知道這是管理出了問題，但一時她又不知道問題出在哪裡，於是，她求救於各種經典文本，都一無所得。誠然，現在的社會已進化到了一個很高的境界，以至愛情變得庸俗不堪。

好在苗煙教授是有一個理想的人，但她的理想正在淡化，她有些害怕她的理想有一天會失掉，就像夢一樣。

苗煙教授以前就有過不少的理想，但都逐漸破滅了，她不知道是自己努力不夠，還是哪裡出了問題，後來，她做了管理學教授才明白些什麼。

六

如果男女之間相愛不是為了彼此的溫暖，一定是為了理想。

——摘自方腦殼文選第九十九卷

方腦殼想自己夠帥，至少比老楊和刀客都帥。老楊和刀客是方腦殼的朋友，是經常見面、不分彼此的朋友，他們經常在一起喝酒、聊天、鬥地主，同是美女愛好分子，他們經常談論苗煙教授，就像是他們的女朋友一樣說著，但是這並沒有改變苗煙教授。

毫無疑問，方腦殼是十分喜歡苗煙教授的，是的，十分喜歡，這大家都看出來的，但是方腦殼始終沒有將苗煙教授拿下，刀客就建議方腦殼拿出強姦犯的精神搞定苗煙教授。但是，方腦殼是有賊心沒賊膽的人，所以，這事一直懸著。

終於，有一天，方腦殼去看苗煙教授，他說我喜歡你，這你看得出來。苗煙教授說，是啊是啊，我看出來了，又能怎麼樣啊。

方腦殼不說話了。

苗煙教授看著方腦殼，有一團火在燃燒，方腦殼看著那目光，立刻慌亂了起來，這樣的感覺很好受，但又有說不出的困惑。

《詩經》裡說：「青青子衿，悠悠我心。縱我不往，子寧不嗣音？青青子佩，悠悠我思，自寧不來？挑兮達兮，在城闕兮。一日不見，如三月兮。」

方腦殼越來越迷惑了，他不敢確定苗煙教授是否喜歡和他在一起。有一些理由看上去很荒誕，給人不真實的感覺，對苗煙教授，他也有許多的想法，但基本上是紙上談兵。方腦殼想改變這種狀況，但沒有好的策略，所以，這一切只是紙上談兵。

恍惚中，他見到的就是苗煙教授的身影。遠遠地看上去，很美妙，令人遐想，甚至於方腦殼都覺得這個世界是那麼的美好，這正是因為苗煙教授的出現。

恩愛，永遠。

他相信這就是他所需要的。

苗煙教授越來越不知道自己這是怎麼了，以前沒有這樣的感覺，內心慌亂。儘管她知道，有些事情的到來是無法阻擋的，有些事情的離開也是無法阻擋的。

刀客教導方腦殼說，勇敢一點，讓愛來的更猛烈些吧。

老楊說，知道嗎？我當年就像你一樣，失去了很多。老楊說這事時有點誇大的成分，這並不重要，關鍵是透過這樣的案例說明，如果我們錯過了好的機遇，無異於是一種天大的錯誤。

可是過了這個村，沒有那個店的事情啊。他們勸方腦殼說，此時，他們已經喝了許多酒，坊城的夜空有顆流星劃過，一晃就不見了。

方腦殼說，然後呢？

搞定啊！！！

如果男女之間相愛不是為了彼此的溫暖，一定是為了理想。苗煙教授覺得她的理想就是找一個愛她的人，但她不知道方腦殼是否愛她，一如她不知道這個世界上是否有愛情這回事。

方腦殼卻認為苗煙教授就是他這一生的摯愛。

然而，許多事情，看似很理想的東西，其實距離理想很遙遠，許多年前的想法和今天一定是有許多差距的。

不管怎麼樣，方腦殼愈加相信愛情這回事了。在坊城大學裡，方腦殼和苗煙教授就是一對絕配。這也可以給出許多理由，但這理由是否靠譜，並不是最重要的，關鍵是兩個人的感覺，是不是跟得上節拍，就像一段舞曲，跟不上的話，那種尷尬是無地自容的。

愛情不老，理想不滅。

七

溫暖是很多東西可以給的，暖氣，太陽，酒精，或者性。

——豬頭語錄

不能確定的是，現在的我這樣對溫暖的態度是屬於偏好，還是其他原由。我也不能確定，今天講的話是否預示著明天的來臨，一如我不能確定我對愛情的信心。

坐在坊城大學那個辦公室的時候，苗煙教授還在思考這樣的事情，她已經為這事傷心，她不知道她這是怎麼了。系裡的蕭建教授過來和苗煙教授談了下工作上的事情，就又扯起雜七雜八的諸如工資啊待遇啊之類的事情，其實，苗煙教授知道蕭建很喜歡她，以前是這樣，現在還是這樣。但是蕭建是羞澀的男人，在和苗煙教授待在一起的時候，他總是不知道該怎樣表達自己。這樣一來，苗煙教授就很有點意見，有時候就是不見他，蕭建雖然知道這其中的緣由，仍然不知道該怎樣面對。苗煙教授對他說，現在的學生真是幸福啊，哪像我們很辛苦不說，幸福簡直是很遙遠的事。是啊是啊。那時誰能在學校交異性朋友啊，更不用說談戀愛啦。

他們談了一陣，方腦殼就過來了。他拿著一束玫瑰花，面帶笑容，苗煙教授說，你交好運了哈，花不錯。他跟著說，送給你，雖然他跟蕭建是見過的，但看到他們剛才談得很熱烈，他一來他們就不說了。蕭建也知道方腦殼的意思，就更加不好意思了。但他想著要好好表現一下就沒有走開。於是，三個人就聊開了。

後來，他們三人又一同去一家所謂四川人開的川菜館吃飯。蕭建吃得很歡，他喝了一瓶啤酒就開始興致勃勃地說著這事那事，而方腦殼卻不知怎麼了，說話很少，頂多跟苗煙教授說幾句，蕭建說，你不要打我們苗煙教授的主意了哈，咱兄弟不會輕易讓肥水流外人田的。方腦殼就打著哈哈說，咱們好歹還是一個大學的，咋能說這樣的話呢？苗煙教授看看蕭建又看看方腦殼，說不出話來。

豬頭跟蘇雅的事情沒有挽回的餘地，倒不是蘇雅狠心的緣故。而是現在她忽然發現這人生沒有意思了，想去削髮為尼。這些當然是豬頭所不知道的。豬頭一直想兩個人恩恩愛愛地過一輩子，別的就沒有多想，他不曉得生活的壓力，所以對蘇雅的愛只停留在理想的層面上，至於以後會怎麼樣，他想也不會去想，因為車到山前必有路。

多年以後，事情變得越來越明晰了。以前的生活很溫暖，那已成為了過去。大學畢業了，豬頭選擇了留在坊城一家高科技企業。但他在工作上卻不順利，有時他會莫名其妙的發火，他知道這跟蘇雅的離開有關。他開始學會了泡吧、玩樂。畢竟溫暖是很多東西可以給的，暖氣，太陽，酒精，或者性。他這樣寬慰自己說。

也許，生活就這樣沒有道理，能讓人墮落，也能讓人上升。

八

一個人，倘若毛孔被灰塵塞滿了，再也吸附不了任何一丁點水分，而反過來，水的雜質也可能令毛孔堵塞。所以男人擅於關閉心靈，只聽從唾手可得的溫暖。就好像女人也關閉心靈，只聽從物質世界裡的枝枝蔓蔓。

——苗煙講義

很久以前的事情了。但是苗煙教授想起來就心疼無比，那時，她是深愛著蕭建的，就以為蕭建會很在乎她，就想個辦法試探蕭建，這樣一來看似很合理，其實卻暗含著某種危機。苗煙教授的試探終於沒有逃過蕭建的眼睛，結果就有些不愉快，雖然現在蕭建對苗煙教授好了點，但實際上那些痕跡仍然時不時的出現，以至於苗煙教授擔心愛情的前景。

愛情是什麼呢？苗煙教授不只一次地這樣想，但都毫無結果。歸根究柢是她對愛情沒有多少信心。因為她相信自己的追求是正確的，而蕭建則是直達目的：婚姻。苗煙教授不想這樣，雖然她有壓力，比如周圍沒結婚的同事都跑步結婚去了，沒有的也已經定下了計畫。她想單身，或者說她想自由自在那麼一陣子，雖然她不知道這樣的時間會有多久，但她希望是多一天是一天。蕭建淡了下來，於是，方腦殼乘虛而入，但也沒有進入苗煙教授的內心。

愛情真是奇怪的事情。這中間，苗煙教授見到一些女生因為金錢的緣故委身於某大款的事情，一些屈服於權力。我呢？她常常這樣問自己，也走這樣的路？沒有答案。

也許這是現代人的悲哀。

方腦殼自從戀上了苗煙教授以後，就反省自己該為苗煙教授做什麼。就學問來說，兩人各自在自己的領域裡稱雄，但這並不能解決愛情的問題。愛情顯然和學問有關，而是來自於生活的瑣碎和細節。

以前，方腦殼不是這樣的，他覺得喜歡一個人就是為了得到他（她），就如讀一本好書一樣。所以，他喜歡古典的女子，但是，在這個物慾橫流的時代他注定是要失敗的。因為沒有多少女子對古典這樣的東西感興趣了。自然，戀愛屢次失敗。倒不是現在的女子對學問不感興趣，而是她們以為在這個時代，學問不能當飯吃。所以，佩服方腦殼的女子有的是，一旦談婚論嫁就遠了。

坊城大學附近開了一些按摩洗腳屋，再不就是洗浴中心，好似紅燈區。在中國西部的成都，不知哪個人提出了東方伊甸園，一時去旅遊的人挺多，很多老外跑過去，說去哪兒消遣，很巴適[1]。坊城大學的一個教授說，不去不知道啊，那裡的妹兒硬是好，去吧去吧。好像去紅燈區一樣。坊城大學周邊就是這樣，一點文化氛圍都沒有。方腦殼有次帶朋友去洗腳，看見一個女生在做按摩，勤工儉學哈。他硬是心裡不舒服了好長一段時間，一想到這事，心裡就添堵。

城市要發展，這是沒辦法的事情。苗煙教授勸解方腦殼說。

方腦殼就愈加沒有語言了。

1 巴適：巴蜀方言，意指「妥貼的樣子」。

九

為了感覺的存在，所以我們要做點什麼。可做得越多，就越是感覺不到自己的存在。

——豬頭話語

年輕的時候，我們沒少犯傻事。現在回想起來，真是滑稽又好笑。所以，我們孤獨是一定的了。豬頭這樣解釋自己現在的生活境遇，雖然他過的不怎麼樣，他骨子裡是仍然嚮往那種田園生活的。

那時，為了愛，什麼都不顧，就是愛，就是喜歡，他不尋找理由，其他的他都不在乎。豬頭後來明白了愛雖然看上去很好，但ＴＭＤ就需要一個合理的空間。這無異是一個濫情的時代，所以大家的來往看上去簡單又快活。到處都是愛啊，恨啊什麼的，豬頭在聽到這些時哈哈一笑，因為他知道現在的人需要的不過是過客的愛情而已。

坊城大學裡進入假期階段了，蕭建教授閒來無事，就坐在家裡，發呆，一個女生來求他，蕭建以為是學問的事，他就很開心地給她說，但令蕭建鬱悶的是女生不是來討論學問的，壓根兒就是過來擺龍門陣。

後來，天晚了，女生也沒有走的意思。這其間，蕭建跟苗煙教授通了一次電話，希望一塊吃晚飯。女生沒有走，他只好對女生說，一塊我們和苗煙教授去吃飯，怎麼樣？女生沒有拒絕。

她們是在焦葉餐廳吃的飯。女生表現得很主動，就像女主人一樣，苗煙教授就偷偷地笑，蕭建教授很不好意思起來。女生去盥洗室去了。苗煙教授就說，你真能幹！蕭建說，別亂說哈，我可是嚴肅認真的人，和她沒有什麼關係。苗煙教授說，天知道！蕭建哈哈一笑，那我沒有辦法了。苗煙教授面帶微笑著說，白天是教授，晚上是禽獸哈。蕭建教授一下子就沒有語言了。

女生回來，依然對蕭建教授很好，但苗煙教授和他卻知道剛才的那一層意思。但都沒有繼續說下去。蕭建教授覺得這樣的事情真是不可思議！我居然和女學生這樣，苗煙教授就是這樣看的。

女生似乎看出了這一點，但她沒有表示。這就讓苗煙教授對她的判斷確定無疑，原來，蕭建教授是這樣的人，真沒有看出來，後來，她就懷疑他對她的態度了，以前的。她一下子就嫉妒起來了。這時，女生接了一個電話就說，我先走了。

苗煙教授看了看蕭建教授，點了點頭。

去吧。改天聯繫！他這樣說。

女生一晃走了出去，苗煙教授問蕭建女生是大幾的，他竟然不曉得。這讓苗煙教授覺得蕭建的生活很糜爛。看看，一個天知道是做什麼的女人都走得那麼近啊，多麼不可思議！

他們吃完了飯，走在坊城大學的校園裡，翠綠的草坪，潺潺流淌的美麗的小河，這一切足以讓人忘掉塵世的煩憂，而一心沉醉在愛與美的芬芳之中。這是他們所喜歡的。

走到苗煙教授的門口。她走在前面，蕭建教授跟著。她轉回身，蕭建看著那一個優雅的動作，呆了一下。苗煙教授說，進來坐坐吧。蕭建沒有拒絕。他還在想以前只是喜歡苗煙教授，怎麼沒有愛上她呢？差點錯過了。他這樣的想著。

十

談情說愛，亦是人生的一大樂事。

——蕭建語錄

他們坐在苗煙教授的客廳裡喝茶，蕭建想起了那天的事情來了。下午的太陽慵懶地射進來，苗煙教授看上去愈加美麗，我愛你！他沒頭沒腦地說了這樣一句話。苗煙教授直直地看著他，不相信似的。

她已經很久沒有聽到這樣的話了。

男人們似乎都不屑說這樣的話，他們的目的都很明確，就是調情、上床。誰還會在乎這個呢？沒有了。苗煙教授不由得輕輕地嘆了一口氣。

苗煙教授想問問那天女生的事，蕭建沒有說，她不想破壞今天的氛圍。雖然如此，苗煙教授還是覺得自己有些好笑，居然和一個男子在這裡說這樣的話，做這樣的事。

窗外的風吹進來，有些涼了。畢竟是冬天了。坊城的天氣一向在冬天是時好時壞的，猶如人的脾氣。蕭建看著，不由得心裡一顫，說，苗煙教授你該找個人嫁掉了。

不！

蕭建說，我給你推薦一個人。

哪個？

唔！我自己。

你啊！哈哈，你排隊吧。

排到好久，不會是最後一個吧。
不曉得。
那我插隊，我不能坐待你成為別人的老婆。
苗煙教授忽地笑了起來。不要，不要。咱們不允許這樣，這是規則。你一定是遵守規則的人。
但我不希望我見到的人是別人的老婆。
他們就這樣胡亂地說了一陣，誰也不知道是真是假。
臥室裡的光線暗淡了下來。此時，整個的世界似乎都暗淡了下來。蕭建和方腦殼談過之後，他們沒有決鬥的意思。他們不會像以前那樣為愛情決鬥。這樣的事惟有苗煙教授有決定權的。
蕭建想，不管怎麼樣，自己總會是近水樓臺先得月的。
酒喝得實在太多了。他想去找苗煙教授，說的點什麼。
他走了出來，風吹在臉上，有點疼。他走到苗煙教授的門口，想敲門，胃裡忽然一陣不舒服，他蹲了下來。
苗煙教授把門打開了。

她看見了蕭建蹲在那裡，臉色不大好看。就忙把他扶進屋裡，問他怎麼了。蕭建說，沒什麼沒什麼。我只是過來看看。

有什麼好看的？都老女人了。

他笑了起來，緊跟著咳嗽了一下，苗煙端過來一杯水給他。

我愛你！苗煙。他抓住了她的手，往懷裡拉。

蕭建，我知道啦！蕭建，別這樣，不好。

我是……

好啦！好啦！蕭建，好好睡一覺再說。苗煙這樣說道。

後來，蕭建又咕噥了幾句，就昏昏沉沉的睡了過去。

等他醒來，天色已暗淡了下來。他睡在臥室裡，有種異樣的感覺向他襲來。

有一天，苗煙教授待在家裡，看《聖經》，讀到這樣的句子：耶穌基督為每個男人都預備一個女人，她為他而存在著。她想不明白自己是為哪個預備的，是方腦殼，還是蕭建，還是別人呢。她祈禱著基督給她力量，指點迷津。

後來，她決定按照耶穌基督的話去做，一定會有個好結果的，看看今天誰會先打電話過來。

這樣一想的時候，電話響了起來，是蕭建的。苗煙教授知道這一輩子是怎麼回事了。

犯醉分子

1

不要跟我說話。代然說。

你先去把酒醒了，再過來。然後，門「砰」得一聲關上了。我呆在那裡。燈光下，我看見自己的臉色有些蒼白。

我坐在沙發上，屋子裡空蕩蕩的，彌漫著一股腐敗的氣味。我望了望那扇門，沒有開的意思。一會兒，燈光暗了下去。

豬腦殼。我聽見她的話語。好像和另外一個人說話。外面下去了細雨。瀝瀝淅淅的。沒完沒了。

一場秋雨一場涼，五大花園好太陽。誰在歌唱，這個時候。我沒有理會這些。睡眠襲了上來。我縮在沙發上，蜷了蜷身子。能美美地睡一覺多好啊。我已經有很長一段時間沒有好好地休息了。總被亂七八糟的事情纏著，總不停地跟朋友一塊喝酒、唱歌，瘋狂，好像我應該屬於這樣的生活似的。惟有我曉得自己在做什麼。

代然和我已經分開一周了。

師兄說，說你是豬腦殼你真是豬腦殼，怎麼能這樣對待代然呢？快快去改造吧，別把好事辦成壞事。

師兄說，代然是很有野心的人，你曉得不，你不珍惜的話，就一輩子後悔吧。

師兄說，咱不能做對不起黨的事情，要三個代表啊，這個黨就是代然。

師兄說，需要兄弟幫忙不，儘管說……

我點頭稱是。我說好好，我一定按你說的辦，做個優秀的男人，不跟咱兄弟丟臉。

我說，你放心吧。

2

你找誰？我撥通了代然的電話，她問。

我找你啊。

什麼事情。

我愛你。

哈哈。哈哈。哈哈……

我說，我一定好好改造，按照你的要求。

我說，知錯能改，還是好同志嘛。

我說，我不要以前的生活，我只要以後對你好。

真的？

真的！

坐在那張沙發上，我感到有些犯暈，不曉得代然會說什麼樣的話。她說什麼我都聽著。我下定決心，不怕犧牲，堅決改正以前的錯誤。

代然慢慢地走了出來，滿臉的憂鬱，在我的對面坐下來。我說，你怎麼了？何必這樣作賤自己？虧你說的出口。都不管不顧了。我說，我曉得了。她生氣地說，你曉得了什麼，只會說一些沒用的話。做事倒一點都不認真。以後我怎麼敢……

我伸出手，沒有握住她的手。

她說，算了，我沒有那個興致了。

豬腦殼，咱們不是一路人。她搖了搖頭。那樣子似乎充滿了絕望和無奈，並且下了很大的決心。

我不去看她。

這一刻我想哭。

我知道這樣不好。兩個人會一下子哭得驚天動地，那樣子一定會很難受。

豬腦殼，我……

3

以前，我不是這樣子的。我跟代然認識是在一次朋友的聚會上，當時已經很晚了。我喝醉了，一個人走掉的時候，代然走過來問我，你沒事吧。我說沒事。後來我就不曉得怎麼了。

我經常出去喝酒，一喝就喝得爛醉。我想一定是我的身體的某個機能出了問題，以至於會這樣。那時，幾個單身的朋友經常隔三差五地聚在一起，玩樂。好像大家也沒有別的愛好。我的同事小王經常去一些色情場所。他向我們傳說他的經驗和歷史，我對這個不感興趣。有幾次他請我去，我進去之後就出來了。那不是我待的地方，骯髒，混亂，那迷離的眼神和做作的笑聲讓我感到幾分厭惡。

不知什麼時候，代然也參加了我們的聚會，她不喝酒，只是喝一點軟飲料，或者一杯紅茶。我常常喝酒，而且是幾種酒混合在一起喝下，在那種混合的味道中，慢慢醉倒。代然和別人說著什麼話，我不去注意她，她跟我沒有關係，我對女色沒有多少興趣，在這個二十多歲的年紀，應該不是這樣的。我不知道我哪裡出了問題。偶爾，代然抬眼看我一眼，似乎不經意的，我碰了一下，趕緊躲開。她不說話時，就翻一本ＤＭ雜誌，我們鬧吧喝吧好像都不管她的事情。她在我們的群體裡有點異樣。那時，牛黃對代然有點意思，但到底沒有發展下去。她好像點綴著我們的一朵花，異樣美麗。

有回，代然說，你喝醉的樣子很好看。我大笑起來。還沒有女孩子說我喝醉時很好看。他們幾個就問我笑什麼，我擺擺手，說，我想起了一個事情，黃色的。然後看了看代然，就說，現在不好說。喝酒，喝酒。牛黃跟著起哄。大家跟著喝酒，我一連乾了半斤白酒和幾瓶啤酒了。又玩了一會，大家散了。

我獨自走在回家的路上。街上的行人很少，有幾輛車子在我的旁邊停了下來，我擺了擺手。我一回頭，看見我身後跟著一個人，差點撞在了一起。我說對不起對不起，我不是故意的。她笑了起來，很開心。我這才看明白。啊。是你啊，把我嚇壞了。怎麼沒回家？正在回家啊。她說。

正在回家啊。代然說。

呵呵。是不是偷看我喝醉的樣子啊。我開玩笑說。

是又怎麼樣？她歪著腦袋說。

那好啊，跟著我看吧。

看就看！她說。我弄不明白這是怎麼了，她真要跟著我，看我喝醉的樣子啊。現在的女孩子真是奇怪的要命。

我是開玩笑呵。我又笑了笑，說。

你怕了？

呵呵，你不怕，我怕什麼。代然婉然一笑，無比嫵媚。

無比嫵媚。我永遠記得代然那晚的樣子，直到我走向另外一個世界。沒有誰能比得上她。

月亮的清輝撒了下來，街道愈加冷清。街邊有一些店子開著門，有幾個女子坐在門口，不住地向街上張望，時不時衝一些人揮手，可是，走進去的人總是很少。她們的眼神是迷亂的，就像秋天的陽光那樣。燈光散發出曖昧的光芒。我跟著代然向前走去。我不曉得她要帶我去哪裡。

4

然然。我說。我坐在辦公室裡，看著那一堆文字發呆。我的胃很不舒服。去廁所，這已經是第四趟了。我給代然打電話說，你在忙什麼呢？我說，我的胃不舒服。

你不去看醫生嗎？這怎麼得了？她說，要不我帶你去。

沒事的，只不過昨天喝多了點酒。我說。今天有許多事情要做，我不能再拖下去了。老總在催我早點做完兩個版的新聞。你不用過來。我說。晚上吃什麼呢？

隨便啊。她說。

呵呵，我說今天不喝酒了。我起不來了。

那我們去吃西餐吧。我已經好久沒去歐洲房子吃西餐了。我說那也好。

我忙著做自己的事情。同事說，看來還是你幸福，有人關心啊。老總說，呵呵，完了，咱們去喝酒哦。

饒了我吧。我沒得時間，要去你們去。我有事情，改天我一定來。我大聲地說。老總說，你不去呀，我們喝酒有什麼意思。現在，單位裡的幾個傢伙都讓我帶成了酒鬼，有事沒事總找個藉口，聚在一起喝酒。

我走了出來。外面的天氣陰沉沉的，多半要下雨了。這個城市一直這樣，讓人都變得沒有脾氣，一直想就這樣混下去，直到看到未來的希望，而這希望是渺遠的。

歐洲房子。我走進來，侍應生微笑著問我，你需要什麼？我說等一下。然後找了個靠窗的位置坐下來。侍應生燃起了蠟燭，火紅的顏色映紅了大廳，這裡彌漫著浪漫的氣息，到處是香氣襲人，好像置身於巴黎的某一個沙龍。一對對男女竊竊私語，不是小資，倒像黑手黨在搞接頭，我不禁笑了起來。此時，代然飄然而至。你好多了吧。我點了點頭。然後她拿出一瓶藥來，吃完飯後記著要吃啊。對胃不舒服挺好的。謝謝你了。呵呵，吃什麼呢？我向侍應生招了招手，一個女孩子跑過來。

點了菜，一會就端了上來。兩人邊吃邊說。好像有說不完的話。外面的天色更暗了一層。我往窗外望了望。代然說，以後少喝點酒就好了。是啊，是啊。再不能像以前那樣了。

我吃了點東西，胃才好了一點。我說，然然，還是你曉得我啊，這麼多年這是我聽到的最好的話。

代然微微一笑，不會吧。

《聖經》裡說，上帝總為你預備一個女人，讓你們彼此結合，相悅。我想起了這句話。我說了出來。我看了看代然。她的眼神裡有一絲驚喜掠過，而後消失在某個記憶的深處。

5

天空裡有一隻鳥，不停地飛著，像要尋找什麼。我望著它，它久久不願意離去。田野上空蕩蕩的，遠處傳來汽車的聲音，就像天際一樣。我坐在土地上。代然說，它一定在尋找它的愛情。我也相信是這樣。它總不肯離去，不管是貧窮還是富裕，不管是健康還是疾病。它是一隻愛情鳥。

它盤旋在天空，我注意到在遠處有一棵桐樹，樹葉已經泛黃，那裡也許是它的家，它一定受了什麼傷害。

愛情鳥終於離去了。向那棵桐樹。箭一樣。天空裡極靜，惟有幾片雲在緩慢地浮動。代然說，它這是怎麼了。

我搖了搖頭。那棵樹，依然靜立在大地上，好像剛才發生的這一切都和它無關。

我一直覺得這是一個夢。因為它時常走進我的生活。代然說，一定是你的幻覺。我不相信這個。因為在我的歷史裡還從來沒有發生過這樣的事情。

豬腦殼，你曉得就沒有事情啦。她拍了拍我的肩膀。

也許是這樣。這段時間壓力太大，單位要進行人員調整。我想去做廣告。代然說，你瘋了啊，居然這樣想，你曉得你不是這塊料。她不曉得我的計畫和野心。

6

英台找我，說活不下去了。我覺得他們以前生活的很好，怎麼忽然就這樣了啊。我不明白，家家都有難念的經。她說，老公有了外遇，令她鬱悶的是，不是和一個富婆，而是和一個台基。我不明白台基是什麼意思。她說，就是那種賣身的女子。我笑了，這有什麼啊。你就當投資來看，他在你這的投資的股份是最大的，你也應當允許他在外面搞一些小額投資嘛。代然坐在旁邊笑嘻嘻地說，你是不是給自己找理論啊，好讓我以後就這樣遷就你。我告訴你，那是不可能的。英台說，你們還吵啊，我家那口子能這樣我就好好地活著。

女人真是奇怪的動物。代然說，邊把瓜子殼丟在茶几上，愛的時候死去活來，分的時候也死去活來，幹麻啊。

英台說，你沒有經歷過，當然你不曉得。然後，她開始喝茶，不再說什麼了。

我說，你想啊，你分開的話，多划不著，反而，讓另外一個女人佔便宜了，多不好。只要你對他好，他自然會回心轉意的。

英台說，那好吧。

代然說，我曉得你們文化人的鬼點子多，把女人唬得團團轉。但這還沒有完，重要的是，你們不懂得珍惜啊。

也不能那麼說，我就不是那樣的人。

呵呵。我不曉得啊。

我覺得再說這樣的話，都沒得意思了。就說，然然，我們開始了愛，是正確的，隨後，發生什麼完全出乎我們的意料之外。所以，我不主張分開。

我們在去餐廳的時候進行了這樣的對話。其實，我倒覺得沒什麼。代然卻說你以為你是誰啊。我不再搭理她了。她說，不去吃了。我說，又生氣了哈。鬼才生氣。她賭氣地說。街道上的行人很是擁擠，一個小偷被逮到了，眾人齊動手打小偷。很是快意的樣子。我們等那群人漸漸散去，才走了過去。

市中心有一群人蜂擁著，說是鬧什麼罷工，抗議什麼。有幾個記者在拍照，不久，一群警察過來，把他們請了進去。那群人揮舞著標語，喊著口號，有一些人應和著，而圍觀的人群在警察出現的那一刻很快地散去。

看看他們的生活，比我們悲慘的多，我們該高興才是。我說，但不知怎麼，我竟然流出了眼淚。

代然看了看我，沒有說話。

許多天之後，這就像夢一樣纏繞著我。代然給我買補身子的藥，每天讓我堅持鍛鍊，在睡覺前不能坐下來超過半個小時。她說這是魔鬼訓練。讓我感到幾分激動，好久沒有人這樣照顧我了。

每逢有朋友喊出來喝酒，代然必然陪著，不讓我多喝一點酒，為這個，我們吵了起來，她生氣的一個人哭，但也僅是這樣。朋友都說我過的幸福，至少有個知熱知冷的人在身邊。沒老婆的男人像根草。誰也不管不問的。

我想喝酒也喝不到了。我開始懷念以前經常喝酒喝到爛醉的歲月。那種痛快漸漸地失去了。

7

你為什麼喜歡我？坐在沙發上，我說。這話我說了N次。代然坐在我的旁邊淡然一笑，那種淡然的美讓我有些心醉。我就不知道該說什麼了。這樣的時候，她會告訴我一些她的想法。其實她的想法挺簡單的，就是看著我這個人有些好笑，日子過得也沒有什麼章法，大概就是那種自由一族的吧。代然說，豬腦殼，你一定不曉得，我為什麼會這樣。她不喝酒，而和我說話的時，總是像酒話。我說，呵呵，然然，一定是你看到我就醉了。我是醉酒，你是醉人。是啊是啊。她粲然一笑，要不，我怎麼會看上你呢？中國有十多億人呢。你的運氣不壞。我的運氣一向不壞。呵呵，說說看，代然又說。不說了。代然就賭氣地去看電視。

這樣一來，我就去翻一點報紙。代然就劈手奪過，撒嬌地說，陪我說說話吧。

陳燦和一個美女糾纏得厲害。然而，他的女朋友出差回來了，就要死要活地鬧。對這樣的事情我一向很討厭，但陳燦躲到我這來了，我不能不幫忙應付一下。代然對這樣的事情也不喜歡，就對陳燦女友說，不習慣就分開吧。現在誰還講究這個啊。陳燦女友說，要是豬腦殼這樣，你還這樣看嗎？他敢？代然就直接說。

我說，得得，大家都是朋友好聚好散吧，何必那樣對待呢？

呵呵，你是不是有想法了？代然盯著我看。

沒有的事情！我說，我怎麼會做這樣的事情。

沒有的事情？代然望著我問。

陳燦和女友看我們又要鬧起來了，就勸我們說，算了算了，大家說著玩兒，何必當真？代然說，怪不得人家說，男人都是一條心啊。我不說什麼了。也許陳燦和女友覺得沒趣就走了。

然後，代然見我一副不服從的樣子就一賭氣走了出去。我去攔她但沒有攔住，我不曉得問題出在哪裡了。

我跟師兄待在游雲酒吧裡喝酒的時候，把手機也關掉了。師兄說，要喝就喝個痛快，其他都不管不問了。我說，然然要生氣了。師妹沒事的，她以前就這樣，氣消了就好了。我喝了一杯酒說，我還是打電話問問她在哪兒。師兄說，好吧好吧，你去打電話。代我問個好。我走出酒吧，找個電話亭給代然打電話，電話響了幾下就掛了。我不曉得怎麼了。就繼續打，電話關機了。

酒吧裡很混亂，一些男女開始了勾兌，師兄端坐在那裡，好像在傾聽音樂，又好像是在想什麼心事。我說，然然不接電話。我來試試，師兄說著拿出了電話，居然打通了。他說，師妹啊，你好啊。然後又客氣了幾句，他說，豬腦殼喝醉了，你也不管嗎？我喝著酒，不去聽他們說的什麼。

過了一陣，代然走了進來。看見我趴在桌子上，師兄一個人坐在那裡喝酒。就無比心疼地說，師兄，再怎麼著，你也不能這樣讓豬腦殼喝酒啊，他會喝壞的。師兄不去理她，你來點酒不？我才不喝呢？我再也忍不住笑了出來。

啊！你們倆合夥整我啊。我指著師兄說，然然，我錯了。師兄也說，我是怕你一生氣甩了豬腦殼。代然就呵呵地笑了起來，我想啊，甩都甩不掉呢。喝酒，喝酒。師兄說，你們要說什麼私心話就回家去說吧。

代然說，師兄，那你一個人好好地喝酒吧。我們不陪你了。然後連拉帶拽地把我拉出了酒吧。

8

代然去上班去了。我一個人待在家裡。本來這個週末打算去郊外去散散步的，但代然的公司忽然喊她去加班，她是公司的財務人員。我不大樂意，但我曉得代然在公司的地位，要不是有緊急的事情公司斷然是不會讓她加班的。

接下來的時間，我覺得百無聊賴。看了看報紙，沒有重要的新聞，有的只是街邊新聞，沒有什麼意思的。我打開電視，也是這樣，好像我們都進入到了一個無聊的時代，這想法讓我有些悲哀。衣服已經洗好了，不需要我勞作了。吃的用的都還有，自從認識了代然以後，這樣的事情都不再用我過問了。我開始整理房間，但幹了一陣，就發現整理的結果是我不會做家務了，我都不曉得那些生活用品都在哪個位置。這樣的日子進行了多久了啊。我不禁生發出了幾許感嘆。

我不知道自己原來對這個空間是如此不熟悉。代然中午回來了，看我把房間弄得凌亂不堪，就說，不會發生地震了吧。我說我整理房間呢。呵呵，看看亂的，你還好意思說你整理房間呢？我說，你不在的話，我真喪失了生活的能力啦。代然說，得得，別跟我貧嘴，吃什麼啊？我依然說，我真不曉得我哪輩子燒高香了，找到了你。

心網搞一個活動，就是單身派對，夜眉ＭＭ通知我去玩，本來我是不大願意去的。代然沒在，我又想玩，就跑去看看，反正自己又不會做出什麼出格的事情來。這樣一想，連跟代然招呼都不用打了。去到那裡，很多的男女，我有點害怕，我的同事說，誰遇上你，都會愛上你。雖然我相信這話有些誇大。但我知道愛這玩意兒，可是說不準的啊。所以，有點不快，怕遇上某一個她，又希望遇上她。

直到活動結束我都在這種不安中度過。卻說代然回來見我沒在家，就生氣了，以為我和師兄鬼混去了，就不停地打電話，可沒人理她。這讓她很鬱悶，乾脆也放縱一下自己，既然大家都這樣了啊。誰都不在乎感情了。

代然走了出去。

我回到小區，就看見代然一個人往外走。我不曉得出了什麼事情，就跟著她。代然好像很不開心的樣子。她攔住了一輛計程車。我忙跑過來。真怕出什麼事兒。這年頭還是要愛情的啊。

代然說，你不要攔我。

你怎麼這樣啊。我們回去吧。

不！她堅決地說。

回吧。任憑你處置就是了。我低下了頭。

代然說，我怎麼了，居然相信你的話。我說，我沒有做對不起你的事情。

師兄來電話了。問在忙什麼。

代然說，忙得很啊，分手呢。

草。師兄說，你們的麻煩比我的大嗎？

我曉得師兄一般不會說這樣的話，哪怕是掉腦殼的事情。代然說，師兄，你不要開玩笑啊。

師兄不說話了。

這是我看到師兄最衰的樣子，低著頭，像犯了大錯誤的「右派」一樣。我說，沒得事情，有兄弟在就有你在。第一次見師兄的時候，他跟我說的這句話。

代然說，師兄，你沒事吧。

師兄說，我當然沒得事情，要不我怎麼會坐在這裡。

呵呵。我笑了起來。是不是師嫂有什麼新政策出來了？

代然說，我明白了。看看你們這些男人，好似外面的野花都比家花香。

我可不是這樣的人。我大聲地對代然說。

我也不是。師兄也說道。

那是怎麼回事？代然不明白了。

不說了，不說了。咱兄弟喝酒。師兄得意地說，師妹，你喝什麼哦。

開始喝酒了，啤酒。不知怎麼回事，我卻喝醉了。

回家的路上，代然很不滿地說，我在這你竟然喝醉了。我說，我沒有辦法啊，師兄在

我不能不喝啊。代然說，那你也不能醉啊。

我不說話了。代然說，下次不能這樣了。我說，下次不能這樣了。

9

天冷了起來。這個城市的人都像冬眠了似的。上班也比平時晚了許多。我沒有睡懶覺

的習慣，早飯都由我來準備。代然說，這樣的冬天多好啊，以後天天這樣，那我才是幸福的。我說，不能這樣啊，一個大男人老是做這樣的事情，哪有什麼追求？代然說，你把這些事情都做好了，就是有追求的人。我說好吧好吧。就算我在為人民服務了吧。

又是週末，我們都賴在床上不起來。昨天，我們玩得太晚了，兩人打了一陣撲克，又嬉戲了一回，孩子似的。我說，今天去逛街吧，順便買一些吃的用的。家裡都空了。代然說，呵呵，當然要買一些酒回來是吧，我曉得你的目的不純。我說，那看你的意思了。

沒想到你是這樣的。以前還記得你蠻有意思的，現在看就是酒鬼一個，哪兒有想像的那麼好，代然說。

難得出了一次好太陽。吃過早飯，我們開始出來。代然換了幾套衣服都覺得不大合適。我說，你這是要去見哪個啊。這樣的換來換去的。代然笑著說，怕是會有豔遇的吧。呵呵，我倒要看看會遇上哪個。我一臉的壞笑。

街上的人很多，好像這個城市忽然多了許多人似的。我們先去好萊塢商場轉了轉，買了幾樣東西。走出來時，有人喊我的名字。我轉身望過去，是一個美女。她說，你好啊，沒想到在這裡能遇見你。我說，你好，很高興遇見你。但我怎麼也想不起她的名字來。她看了看代然說，好漂亮的老婆啊，怪不得把朋友都忘了。我依然沒有想起她的名字。代然笑笑說，你也很漂亮啊。女孩說，不打擾你們了。我說，我以前的電話本掉了，你給我留個電話吧。女孩說，呵呵，那算了吧，別讓人家吃醋了哈。代然說，沒事沒事，咱怎麼能吃你的醋呢。女孩從背包裡找出一張名片來。我看了看，是電視臺的主持人孟歡，我說，我的電話沒有變。然後又聊了幾句，分開了。代然說，呵呵，想不到啊想不到啊，你個豬腦殼，還認識這樣的人，坦白交代吧，是不是搞過一夜情。沒得沒得，我怎麼會這樣的啊。

回來的路上，代然說，我搞錯了啊，估計孟歡看到我才注意到你的。呵呵，看把你美的。我打趣地說。代然說，不是這樣的嗎？我說實話吧，這是不可能的事情。代然賭氣地說，看來，你跟她真有說不清楚的關係啊。我不好再說什麼，就說，我們該改善一下生活了。代然說，算了算了。我沒有心情。

女人真是麻煩的動物。我想，再怎麼和女人關係好，也不能讓她做你的老婆。一旦她成了你的老婆，她就要改造你，讓你變得不可理喻，甚至失去一些要好的朋友。

代然就這樣改變了我。

意外事件

0

外面的太陽真好，可我只是在床上欣賞它。窗子開著，風輕柔地吹進來，陽光就照了進來，我不想起床。最近一段時間，我忽然對床無比的依戀起來，我想這是漸近中年的緣故。也許是我的錯覺吧。

兜兜每天起得都早，他還鍛鍊身體什麼的。我說，你是我們家的花朵，你是我們家的希望，你是早晨八九點鐘的太陽。兜兜對此很不以為然，他還是一個孩子，當然理解不了我的話。我媳婦也這樣說他，他就愈加不以為然了，並說，你們有完沒完，你們……

我不知道該怎樣去說他了，我媳婦也不知道該怎麼去說，就忙她的事情去。

兜兜在讀小學三年級。他是個很可愛的孩子，高興的話，他就回來給我們說一些學校的事情，說他們班的事情，有時，他回來就看電視，就玩，我就說他幾句，他很不高興地去寫作業，吃飯了，他也不再理我。

我害怕這樣會害了孩子，就帶他去公園，去博物館。回來，他就會問一些奇怪的問題。我覺得我和他說話越來越費勁了。

1

有天，我們去看一個關於文革的展覽會，他大呼小叫的：多麼不可思議，多麼不可思議，怎麼能這樣呵，爸爸，你說是怎麼回事。

對於文革那件事，多少我已感到漸漸模糊了，那事情已經過去許多年了。現在已經很少有人再談論這事，似乎已經沒有必要，或者類似於恥辱，乾脆忘掉了，人就這樣經常麻木著自己，這樣才會過得有滋味一點。

文革是什麼東東？兜兜說。

我陷入沉思，想給他一個答案，可是，我找不到表達的語言。

2

破敗的牆上，黏貼著各種各樣的大字報，我從街上走過，聽見遠處的喇叭聲在唱著歌曲，雄壯、偉大，一隊戴紅袖章的青年喊著口號向那歌聲的地方奔去。我還小，還不知道他們去幹什麼，但看見他們，我就很興奮地跟著他們，這隊伍就顯得很有聲勢了：一隊青年，後面有個孩子，革命隊伍向太陽啊。

青年們走的很快，我跟不上他們。他們步伐整齊、劃一，他們年輕有為。我跑起來才不至於掉隊。歌聲越來越近，他們唱得更起勁了。

我不知道他們是去做什麼。

青年們來到一個院子裡，那裡也到處貼著大字報，院子裡已聚集了一些人，人們靜悄悄的，有我認識的，也有我不認識的，他們也不說話，只是看著裡面，青年們進來了，他們望了青年們一眼，就又轉向了裡面。我進來後，他們連看我都不看（誰會在意一個孩子呢），我認識王二，我問王二是啥事，王二裝作沒聽見，伸長了脖子往裡看，我覺得他真討厭（後來，我好長一段時間不理他了），就自顧自往裡擠過去。

人挨著人，人擠著人。我很不容易地向裡擠。此時，忽然有叫喊聲響起來，接著就是哭聲，我駭然了，不知道發生了什麼事。我看不到裡面發生了什麼事，我問問旁邊的人，可沒人理我。往裡擠不動了。我又聽見一陣吆喝聲。人們也跟著吆喝起來，我不懂他們吆喝的是什麼。

人們就那樣待了一段時間，然後又吆喝什麼，這樣繼續了幾次，散去。

我跟著人們往外走。走出院子，我看見他們走的飛快，誰也不理誰，眨眼間就消失得無影無蹤。我站在院子外面，想剛才發生了什麼事，沒有一點頭緒。院子外面除了我，只有幾棵樹孤單地立著，誰也不理誰。我望望它們，它們不和我說話，我忽然覺得很沒意思起來了。

院子的門關著，我從門縫裡望過去，最裡面是一排房子，房子前面有一個用木板弄的臺子，臺子前面殷紅的一片，我想他們是在殺豬吧，我見過殺豬的地方，很凌亂，地上有一灘血。但我奇怪自己怎麼沒聽到豬的叫聲。多麼不可思議。我走開了。

街上空落落的，我走著走著就覺得街道醜陋無比，沒有人的街，多少有點荒蕪的意味。

我在街上百無聊賴地走著，旁邊的商店關著門，我到二狗家去，他家也關著門，三娃家沒有人，狗蛋家上了鎖。我不知道他們忙什麼去了。後來，我找不到人玩，就回家了。

3

你到哪去啦。我媽一見我回來就問。

以後別亂跑了。我爸說。

我問為啥。他們不理我，就小聲地說著什麼。

我想再說話。

爸爸就舉起了手，制止了我說話。我去喝水，他們仍然在說著什麼。

後來，他們不說了。

你跑哪去了？媽媽問我。

我看殺豬的去了。我說，我覺得媽媽真是大驚小怪的，平時倒很少問我到哪去玩了，今天怎麼就想起來問問呢。

在哪兒啊？

我說了剛才的事，媽媽臉一下子就白了，很快，她又鎮靜地說，以後不許你去那兒。我說為什麼。媽媽說，不為什麼。

不去就不去。

爸爸在一旁皺著眉，不說話。

4

媽媽還去醫院上班。其實醫院裡沒有了什麼病人，但她還是每天要去。

爸爸整天地閒在家裡，他的工作已經幾近於無了，他去的那家國營商店半死不活的。爸爸整天在家裡看書、寫字，有時他寫了一半寫不下去了，就把那張撕了。我想爸爸是在寫作。

小學已經關門了，我沒事可做，就東遊西逛的，那些同學也像我一樣，終日過著無所事事的生活，我們有時聚在一起玩，但更多的時候，像野狗一樣亂竄。

戴紅袖章的青年越來越多了，他們整天雄赳赳氣昂昂的。三娃的哥哥也戴了紅袖章，可那以後他就不讓三娃和我來往了。

一天，我和三娃在一起玩，他過來就推了我一把，邊惡狠狠地說：狗子，不許你和三娃玩，你們家是資產階級的走狗。你別想混進我們的革命隊伍。三娃說，哥哥，狗子不是。二娃就給他一個耳光，說，不許你替他們說話，你這是背叛革命。三娃，我命令你以後不許和狗子玩，革命不是請客吃飯。說完，他拉起三娃就走。

我愣在那兒不知怎麼回事。

二狗偶爾還和我玩，他家也是資產階級走狗。二娃一見我們兩個在一塊玩就說，你們在密謀造反呀什麼的。所以我和二狗都恨二娃。我們不恨三娃，他對我們要友善的多。

二娃很牛B，在我們那條街上他到處指手劃腳，他見著別人都一副趾高氣昂的樣子，他一說話都是一大段一大段語錄，最後他總要強調那些話是毛主席所說的。人們見了他要麼獻媚似的問好，要麼躲的遠遠的。

夜晚，天一黑，我就躺到床上，雖然我睡不著，也找不到人說話。爸爸、媽媽也不說話，我們把門窗都關得嚴絲合縫的，我們怕隔牆有耳。

5

我睡不著覺，就胡思亂想，其實也想不出啥頭緒，那時我還不懂得「我思我故在」的道理，所以只能說是瞎想。不用上學，是很可高興的事。

學校裡的老師自殺了一個，據二娃說是畏罪自殺，還有的說是自絕於人民。有個老師變得瘋瘋癲癲的，在街上閒走，唱著什麼，沒人理他，有時他就睡在路邊，他的衣裳破爛不堪，天氣轉冷的時候，老師還是那樣。那年下了場很大很大的雪，老師就睡在雪地裡，等雪化了的時候，人們才發現他已經死了許多天了，大雪沒有能夠將他永遠埋在那裡。

我想這些。我數數：12345……可我數著數著就厭煩了，我想那些快樂的事情，可我快樂的時候很少，這讓我有點鬱悶，夜晚竟是出奇的漫長。

二娃的紅袖章沒戴多久就不戴了，青年們發現他是混進革命隊伍裡的人，他們將他清理了出去，他不再牛B，他不再說一大段一大段的語錄，人們見了他也愛理不理的。二娃活得跟我一樣，可我和二狗都不理他，他也不再對我們說什麼了。有時，二娃還要被青年們帶走，頭上戴頂高帽子，用報紙做的，他戴上帽子顯得無精打采，我覺得很解氣：二娃你也有今天！

6

爸爸被幾個帶槍的武裝青年帶走了。那天，我沒在家，等我回來時，媽媽還在哭著。後來，媽媽不哭了。那天晚上，沒見爸爸回來，我問媽媽，媽媽什麼也沒說，又哭了起來。後來，我才知道爸爸被那些人帶走了。

打那以後，我和媽媽相依為命。

7

後來，革命仍然如火如荼地進行著，我們的周遭經常有人被帶走，也就習以為常。儘管那時的生活無比的艱難，我們還是活了下來。

爸爸的音訊皆無，我們不知道他是死了還是活著，無論死了還是活著我們都不會感到奇怪，因為我們經歷過的已經太多了，我和媽媽偶爾還會討論起爸爸。爸爸在另外一個地方生活著，他與我們隔了很遠很遠。

8

我漸漸地長大，可我始終沒有加入革命隊伍中去，儘管我為此努力過，但沒有人相信我會成為他們當中的一員，沒人相信我倒還罷了，他們還一遍一遍地審查我，問我的動機是什麼，問我是不是想顛覆政權，我還是積極地回答他們各種各樣的問題，他們後來就厭煩了，他們在革命鬥爭中又發現了新的動向，他們再也不理我了，對我的積極主動也不再感興趣了。

在家裡，我做力所能及的事情，這給媽媽一點點安慰，她在不聲不響地打探爸爸的消息，可往往是一無所獲。

9

冬去春來，又一年開始了。

爸爸回來了，他已經不認得媽媽和我了。他一見到我就說，我有罪，我坦白。我說，我是狗子。他仍然說，我有罪，我坦白。媽媽落了淚，我也心酸不已，爸爸的頭髮很長，有一坨打著結，有一坨變成灰色。爸爸以前不是這樣子的。

爸爸的精神顯然深受過打擊，我不知道他一去這麼多年做了些什麼，那些人對他做了些什麼。媽媽精心地治療爸爸，並企圖使他恢復從前的樣子，可她一輩子也沒能使爸爸恢復從前的樣子。

後來，我才知道，爸爸是在某個農場進行勞動改造，經過改造後的爸爸，是讓我們難過的爸爸，他醜陋、他骯髒……這就是改造的成果？

鄰居說，你爸爸還是好的，能活著回來了。是的，經過勞動改造後，活不見人死不見屍的有的是，也許爸爸算幸運的一個。但這又果真是幸運嗎？我不知道他對此該有什麼看法，他從此再也不說起過去的事，經常是神情呆滯地坐著。他上街，需要我或媽媽陪著，有時他會找不到回家的路，這讓我們愈加可憐爸爸了。

許久之後，上面下來一紙通知，說我爸爸被劃為資產階級是錯誤的，現在予以平反。

好像是開了一個玩笑。可我們怎麼也笑不出來。

10

文革是什麼東東？兜兜說。

我說，也沒什麼，只不過是開了一個玩笑，那時大家找不到玩的也沒有娛樂，於是就開了個玩笑，沒曾想，玩笑開的過火了一點，就成了後來的樣子。

兜兜不再問什麼了。許久，他才問我：那是不是國際玩笑啊。

我笑笑說，僅此而已。

小倉先生的花事

1

小倉先生最近一段時間很是倒楣，遇到什麼事情幾乎都沒有順利的。工作上不順利倒也罷了，因為作為一個電器銷售者來說，挑戰是難免的。但連生活也一團糟了，事情起因是他老婆打算投資地產，可是他們不知道地產中的行情，聽過幾次專家的講座，好消息倒是很多的。頭腦一熱就投入了些錢進去，可是那套很有「升值」的房子無人問津不說，銀行裡的利息還是要按時繳納的吧。為此，他們的關係一度很緊張。

週末，按照平時的慣例，他們是要看一場電影什麼的，一個週末就那樣輕鬆打發了。小倉先生覺得這樣的生活太好不過了。推銷員大都這樣，整日地在外面奔波，就想著回家能有個安慰的地方。可現在，天剛一亮，小倉先生就睡不著了。老婆不見了。

她去了哪兒？他仔細想了想，也沒有個眉目。以前的週末可不是這樣的，這種出乎常規的做法令小倉先生感到很不安。他坐到陽臺上，看著那些花草，也覺得有點面目可憎了。

他坐在家裡等待，可心情很糟糕。這時候到街上去，似乎太早了些，何況這跟他的習慣不和。他坐在家裡，左右為難，不知道該怎麼做。他想老婆應該給他留言什麼的，可他什麼也沒有看到。後來，他實在是坐不住了，就走出了家門。

太陽時隱時現，這讓小倉先生感到更加不妙，是不是老婆跟別人跑了。這樣的事在小鎮不是沒有發生過。可那些女人是粗俗的，而他老婆跟她們不是一回事，這樣的想法多少有些出乎他的意料。

他在街上走著，並不知道自己要去哪兒？時不時遇見一兩個熟人，他們笑臉相迎，致以問候。可在做這些的時候，小倉先生掩飾不了他的內心的不安。

後來，他莫名其妙地走到了警察局。此時，警察局的人很是稀少，他站在門口，不知道是不是該走進去，跟警察說老婆失蹤的事。這樣的事跑到警察局來說，對很要面子的小倉先生來說是很難接受的現實，也是很丟臉的事。

他站在警察局門口，抽了根煙，然後離開了。

2

果然，事情像小倉先生預料的那樣，老婆不辭而別了。這大概跟他們的性格有關，回想以往的種種，都是令人感歎的生活。如果我對她好一點，也不會這樣的啦。他一直這樣的想。

小倉先生辭了電器推銷員的工作，他計畫休整一下，再重新找一個工作，這對他來說，絲毫不是費力氣的事。畢竟他之前的工作成績是有目共睹的。

有一天，他到花木市場去看看。以前，他家裡就養了幾樣花草，長勢很不壞。但看到花草他就會想起以前的生活，於是，把它們一一送人了。他在花市看了半天，有幾樣花草長勢很好，他很喜歡，可是，花香對他來說太濃了一點。逛了半天，他一無所獲。

也許投資花草是不錯的主意。前不久的報紙上這樣說，花草行業是一個朝陽行業。可小倉先生對這個沒有多大的把握，想起以前的教訓，就不大敢輕易下手了。

不過，從這以後，小倉先生就開始留意報紙、電視對花草行業的報導。老實說，他覺得新聞這東西也不是那麼可靠的，要不，那些震撼人心的黑幕什麼的就不存在了。他不久又找到一家電器公司駐鎮代表的職位，這樣的活路對他來說，並沒有什麼難度。在閒暇之餘，他依然過著很體面的生活。可是他的這種安逸生活被一株蘭草改變了。

有一天，小倉先生又來到花木市場。在轉了半天之後，他看到有不少花農把賣不出去的草隨手丟棄，他覺得很是可惜，就把它們一一拿回家，栽種在花盆裡。這樣一來，他家的花就顯得很雜亂，什麼花草都有，好在他並不是拿出去賣，否則可真是笑話了。接連著幾周，他去花木市場，都撿回來一些花草。

有些花他是叫不出來名字的。於是，他就跑到市裡的書店買了一本花譜回來，上班之餘，他就開始對照花譜研究栽種的花草來，可是花譜介紹的太簡單，有些花草根本就沒有介紹。他再次跑到市裡的書店買了花譜回來。如此的研究花草，不出幾周就把它們的習性以及栽種什麼的都瞭解個差不多了。

這天，他注意到有一株花草跟別的花草不一樣，無論是葉片什麼的看上去都有些挺拔、清秀，他很是喜歡。就仔細的觀察、研究，可他弄不明白是怎麼回事，花譜上有類似的記載，可他不大敢確定就是花譜上的花草。後來，他就請教專家丁永，丁先生在花木行業做了差不多三十年了，見過的花草無數。他一見花草，就告訴小倉先生說，這是一株蘭草。這給小倉先生帶來不小的驚喜，蘭草多少對他來說是陌生的，但古典的詩句中有關蘭草的可真是不少，他很喜歡那些詩句。

小倉先生把心思差不多都花在這株蘭草上面了。同時，他買了不少有關蘭草的書回來認真研究。第二年，蘭草開出了一朵小花，可愛至極，他約了朋友過來賞花，大家看了，也都是讚不絕口，沒誰見過這樣漂亮的花。從此，鎮上的人就知道小倉先生家有株奇異的花，這消息在鎮上引起不少的轟動，連市裡的報紙都來採訪過一回。

3

這年的五月，縣裡舉行一次花木博覽會，小倉先生的蘭草成為博覽會的焦點，看過開花的蘭草的人一致認為，這蘭花是當今最奇異的花，專家也是交口稱讚的。一時引來更多的人觀看。那時的人們雖然見過一些蘭草，但還沒有見過這樣的花的。

小倉先生自然是非常高興蘭草能引起這樣大的轟動，不過，他也擔心這蘭草接下來會是什麼樣子，如果這只是偶然現象，實在是丟臉的事。為此，他花更多的時間在這株蘭草上。蘭草好像不讓小倉先生失望似的。長勢依然很好，並分開了幾株草。

在接下來的一年裡，小倉先生種養的蘭草參加了幾次花木博覽會，都得到了好評，有喜歡蘭草的人更是願意出高價來買他的蘭草。小倉先生看到蘭草是個很不錯的生意，就開始計畫好好地栽種蘭草。

小倉先生成了名人，每天差不多都有要參觀蘭花的。他實在不好拒絕別人，就讓他們參觀蘭花。不料，蘭花竟然染上了疾病，病懨懨的。蘭花專家看著那麼好的蘭草生病卻束手無策。因為來往的人過多，致使各種病菌跟著進來，那段時間，小倉先生與蘭草待在一起，但這並沒有使它們起死回生。

這打擊對小倉先生來說無疑於一場劫難。但他還是站了起來，重新養起了蘭花。不久，人們又看見小倉先生笑容滿面地出入各種場合。他的蘭花比以前更好，而且不乏名品。人人都說，小倉先生是因禍得福，要不是因為老婆跑了、蘭花病死，他還不能做到這樣的規模。

但小倉先生知道，蘭花的栽種不是那麼簡單的事，如果不是真心對它好，是收不到什麼回報的。他專心地從事蘭草的種養，成績也越來越大，甚至在全國的花木博覽會上都是引人注目的。幾年下來，蘭草給他的比上班的收穫還要大，按鎮上人的說法，這傢伙成功了。

此時，他老婆又回來了。人們就覺得那女人太水性楊花了，說不定哪天又離開了。可小倉先生知道，他老婆的離開是因為自己不夠富裕，現在，那個狠心的男人把她甩了，她是走投無路才回來的。小倉先生不是狠心的男人，所以遇到這樣的事情就自己收拾局面了。

4

經歷過種種磨難的小倉先生把諸事都看得明白了。只要每天跟蘭草在一起，看到它們有一些細微的變化，就是一種驚喜了。平時來參觀蘭花的也大多被他謝絕了。「蘭草不是這樣被圍觀的。」他這樣跟別人解釋。

小倉先生始終是一個低調的人，這並不妨礙他的知名度。因為像他這樣的人物正是風光一時。但誰都不否認，正是小倉先生的低調，使他保持了對蘭花的熱愛。因為有些蘭花大戶一時發了，就得意非凡，忘記了蘭草似的。而過不了幾年，他們就會從蘭花行業撤退的。而那些之所以扎根蘭花的人，更多是對蘭花的熱愛。

不過，小倉先生計畫建立自己的「蘭花王國」：像鄭板橋那樣把自己喜歡的蘭花都放養在山坡上，讓它們自由地生長。這對他來說，就跟一個人需要一個自由生存的環境一樣，才能做真正的人。

愛，讓生命更長久

蘭楚

好久不讀小說了，特別是瑣碎的情感與宏大的內心組成的小說。自以為那些情感小說寫的都是別人的故事，我是故事之外的看客，冷眼相看，不必摻和，隨時準備長身而去，連背影也要留得瀟灑俐落。

直至最近讀到曉劍兄的短篇小說集《小馬過河》，才發現自己從來都是劇中人。就是這樣，紅塵中滾打了這麼多年，一身土一身泥，誰能爬起來，拍拍屁股，然後一身輕鬆地說身上一點汗腥味兒也沒有呢？

朱曉劍的隨筆寫了萬千，也跟著讀了不少，總覺得他如高僧入定，水火不浸，已臻化境，真沒想到這麼閒散的一個人能寫情感小說。發現自己真是低估了小說的能量，炎炎夏日，一絲涼意撲面襲來，遍及全身。有時就這樣，不想看的，不想聽的，恰恰是想迴避的。尤其面對情感這個大題材，那顆早用老繭包裹住的柔弱的內心，卻也受了驚嚇。但簡單地說這部小說集是情感小說，也有點委屈了書中的這些故事，更多的還是有感於人生吧。

書中的一個個故事，嚴格的說是故事碎片。這些不同時期，不同人物的生活碎片是可以拼成一隻生命的魔方，怎麼擰，都是一個整體，也可以隨時還原。故事的主人公一會遊蕩在成都，一會梭巡在坊城，一會活在當下，一會又穿越到上世紀七十年代，乃至九十年代，四處編織著愛情的傳說。都說婚姻是圍城，愛情也是。每個人的靈魂，都會無意識、肆無忌憚、橫衝直撞地穿梭於其中，感受火的愛，冰的恨，死的痛，活的傷。遊走在作者這樣的文字中，才會真正感到，原來愛情這回事，一直有的。

朱曉劍是懂得和理解愛情的。這部小說集中的一章〈愛情忘記了〉中有段話這樣描述，「講這些話的時候，臉上一直蕩漾著陽光般的笑，看著他，我的鼻子竟有點酸楚」，細如髮絲的心思，讓人微微心動。想起來，有人喜歡荒郊僻野夜讀聊齋，找的是意境，那麼夜讀標準好熟男的愛情小說，尋的就是一種心境。發現讀這樣小說，一定要選在夜裡。夜深人靜，是個讓人思念，尋找，反省的時候，想想，歲月靜好之時，愛如流沙，細數手掌中還剩下的那幾顆，一種無法逃離的神奇氣氛慢慢籠罩，讓人唏噓。

朱曉劍的作品向來以純樸溫厚見長，這部小說集也不例外，沿襲了他的一慣風格，隨心散漫，自由自在，直白的語言，卻直指人心深處愛的內核。世上最不能碰的傷口是情傷，掛點彩也罷了，就怕如小龍女一樣，中的是情花毒，最後成了絕症，退路也無。朱曉劍是聰明的，他不讓人絕望，這部小說集一反情感小說的陰暗濕冷，每個故事都有陽光的微茫。是這樣，靈魂再偏差，也要把握方向，生活再無常，太陽也會照常升起。

不知道朱曉劍是不是個戀酒的人，他的故事中到處有酒與愛情糾結與搖曳的身姿，若隱若現，不棄不離。這讓人想起了都柏林上紀世二、三十年代酒館中的味道，冒著氣泡的燉肉湯，香氣濃郁的烤製野鮭魚，醇厚的黑啤，辛烈的威士忌酒。朱曉劍很適合這樣的場所，找一角落，委身其中，摩挲手中的酒杯，聽著場中的喧囂與嘶吼，看著別人的摔打與顛狂，然後用文字和酒調和成的飲料，來溫暖自已。赫拉巴爾說過，「在醉態中，慢慢接近對神秘的認識」，朱曉劍就是在這種氛圍下，開始情感的解密吧。

雖然女人、酒、生活，將這部小說集通體發酵，但書中有的故事男女主角聯手指尖都沒碰過，這愛情，清淡。記得飲食江湖吃主兒有言，「食無定味，適口都珍」。各人口味不同，就有人喜歡清淡些的。清淡的菜餚，助味、去膩，柔嫩而又腴潤。清淡的愛情，和這樣的菜品一樣，特別鮮著，照樣讓人心神蕩漾。

生命之旅並不長，一段有聲有色的情感往往能掀開過往生命歷程下遮掩的赤裸風情。

這種風情叫愛，它一旦竄入人的肌體中，生命光彩重生。就這樣吧，好好地相愛一場，誰都能活得更久。

述著那一個個男女飲食的故事，可是我卻讀出了輕鬆平淡的背後，面對愛情時，男人和女人的無奈和疲憊以及彷徨和遲疑。

那麼為什麼依然會有那麼多的人像飛蛾撲火般地奮不顧身投入愛情中呢？愛情這杯毒酒就沒有解藥了嗎？每個經歷過愛情的人給出的答案或許會不一樣的吧，曉劍在書中給出的解藥是生活，或者說是時間。生活會消解掉愛情中的有毒物質，將愛情中的黑暗物質給予沉澱或者過濾，將愛情淨化或者消滅，是淨化還是消滅，這也是個人見仁見智，轉化為親情了，就像小馬變為老馬，或者風過雲散了，就像蘇眉。猶疑的依然在彷徨，奮不顧身扎進去的早已抽身而出，雲淡風輕了，只是，那曾經的愛情之傷口，依然是不能碰觸的，不小心碰到了，就會像變成了老馬的小馬，會沒來由地大哭一場，那眼淚是紀念還是祭奠愛情？

愛情，真是沒得說，或者不得說！

在小說的江湖上

朱曉劍

緣起

大概是在二〇〇二年前後的樣子，開始寫點小說，其實說是寫，倒不如說是看了一些過於爛俗的小說，總覺得是這樣的事自己也做得。那時候，成都幾個詩人、作家做一個叫橡皮文學網的網站，我也毫不客氣地把〈小馬過河〉貼上來，好像也引起了一些反響，後來收入進某一期的橡皮網刊裡。再後來，詩人、作家何小竹在編選成都的短篇小說集《魚和成都》時，收錄了這篇小說，那是二〇〇二年的事情了。

寫這個小說，也沒覺得怎麼樣。同學、時裝設計師唐文那時還是住在成都，我們時常在一起喝酒、聊天，他很喜歡這篇小說，也交流了些看法，大致說來，還是蠻有故事在裡面的小說。我想說的是，其實這篇小說是在工作之餘，閒著無事敲出來的，當時也沒覺得怎麼樣，後來之所以叫好，更多的可能是因為還有那麼一點意思，反映了一點社會現狀。

我不確定，這算不算是城市小說之一種。對成都這座城市，有不同的書寫，詩歌的，飲食的，但它無疑也是小說的。但我想的是，不管怎麼樣，寫小說就是那麼回事，你看，我也沒想著繼續寫下去，時斷時續，就寫成了現在你即將要閱讀的這個樣子。

極簡主義

《小馬過河》斷斷續續寫了好幾年，我是說對寫小說我並沒有太多的上心，更多的是像隨手塗鴉，至於水平如何，那就需要大家的評判了。有時候，一時興起，就在博客上寫了起來，寫的都不是很長，它們有時彼此矛盾，又以不同的面目出現——既然我們承認社會是多面、複雜的，我們就該允許小說的多樣性出現。

時常也跟一些作家交流，給我的印象是深刻的，也知道小說寫來，很多時候顯得功力不足——語言不夠獨特，敘述風格也不是那麼明顯，所以看上去還不是很吸引人，這最大的可能是我們對這種種缺乏一些足夠的認識，小說的地位看上去並不是那麼完美。由此帶來的結果是，小說只能靠故事架構取勝，而往往忽略了其他的特質。

《小馬過河》所呈現的是一種什麼樣的感覺。我一直在猶疑，不是我看不清楚這小說的肌理，更多的時候，小說是靠一種風格存活的。我很喜歡極簡主義，現在已經是人人在談論卡佛了。當評論家赫金格第一次用卡佛標榜「極簡主義」小說時，她下的定義是「表面的平靜，主題的普通，僵硬的敘述者和面無表情的敘事，故事的無足輕重，以及想不清楚的人物。」而小說家傑佛瑞・伍爾夫更乾脆地把卡佛及他的追隨者命名為了「減法者」（taker-outer）。

至於愛情，在不同的人筆下，會有不同的觀感。我的朋友谷立立在談論卡佛時說，在卡佛筆下，愛是絕望的，為窘迫生活所困的人們手提烈酒變賣曾有的人生，愛情早已在酒精的浸漬中發酵變酸。法國作家布裡吉特・吉羅是透徹的，在她眼裡，愛同樣孱弱、無力，這終究是一場幻覺，蒙蔽住戀人們的雙眼。在那裡，有時候甚至於把故事抽離出來，使我們看不到那樣的一個豐富的現場，詞語的組合、剝離，我們像被丟棄的孩子一樣，無法找到回家的路，好的小說是不是應該有種迷離的感覺，就像探險一樣，以至於讓人產生一種迷戀？

我不確定《小馬過河》是不是給人這樣一種印象。

虛擬之城

二〇〇二年的時候，在故鄉網上，舉行了一次「耶蕾歌的玫瑰」同題中短篇創作活動，限定了角色。那時有一幫人書寫這個題材，我也參與了進來。我虛擬了一個城市——坊城。在那裡開展一系列的故事，在後來的短篇小說中我亦有所涉及，最初的寫法當然是希望在那裡映照我們的生活，有一些思考。

對我來說，營造一個城市，哪怕是虛擬的城市都是有些困難的，因為那是一個空城，需要添磚加瓦，需要人物，需要故事，才使城市真實起來，至少看上去是有一些故事可言，但我對此一無所知，只是憑著興趣寫去，我又覺得這樣的一個城市，無疑它包含的內容十分豐富，那就慢慢建構吧。現在依然沒有完工，也許它會是一個半拉子工程，後來由於各種原因，戰亂、瘟疫，諸如此類的城市使它成為廢城了。但它曾經的歷史呢，依然有不少值得挖掘、探索的地方，猶如考古一般，還原現場。這樣的想像很容易讓人興奮起來，但也僅僅是這樣，我知道的是，在那裡固然有許多故事發生，庸常的、平和的、傳奇的……它們正好構建了這一切。

確實，城市的龐大，功能性的建構，街道的設施，這些看似簡單和隨意，但在歲月的長河中，它們是如何變遷的，是有多種可能性的，比如生活習慣、宗教信仰，以及生活方式、外界的影響，而這種複雜性顯然是短篇小說無法承載的。不過，這樣的想像，在腦海中呈現出來，本身是不是就是一個好玩的故事？

游離於日常

這裡收集的十五個短篇小說，它們所記錄的只是日常生活的一部分，或者說，只是讓窺探到某一面，它還存在著多種可能性，但就短篇小說來說，它所承載的已經足夠豐富，有時候，我們不正是由於游離的狀態來紓緩我們的壓力嘛。

在現實生活中，既然我們如此，是否可以抬頭仰望一下天空，藍天、白雲，它們是否會給我們一種驚喜。偶爾發呆，是否找見一種思想？諸如此類的思維讓人著迷，另一面是，我們內心都有一種渴望，擺脫眼前的現場，進入到另一種空間，在那一個世界裡，所有的疑惑都消失掉了，我們回復到人本真的狀態，沒有壓力，沒有人際關係的糾結——那是一種遙遠的童話。

在小說的江湖上，無疑，這樣的誘惑讓人無法停止前行。

釀文學73　PG0732

小馬過河
——朱曉劍短篇小說集

作　　者　　朱曉劍
責任編輯　　黃姣潔
圖文排版　　鄭佳雯
封面設計　　王嵩賀

出版策劃　　釀出版
製作發行　　秀威資訊科技股份有限公司
114 台北市內湖區瑞光路76巷65號1樓
電話：+886-2-2796-3638　傳真：+886-2-2796-1377
服務信箱：service@showwe.com.tw
http://www.showwe.com.tw
郵政劃撥　　19563868　戶名：秀威資訊科技股份有限公司
展售門市　　國家書店【松江門市】
104 台北市中山區松江路209號1樓
電話：+886-2-2518-0207　傳真：+886-2-2518-0778
網路訂購　　秀威網路書店：http://www.bodbooks.com.tw
國家網路書店：http://www.govbooks.com.tw
法律顧問　　毛國樑　律師
總 經 銷　　聯合發行股份有限公司
231新北市新店區寶橋路235巷6弄6號4F
電話：+886-2-2917-8022　傳真：+886-2-2915-6275

出版日期　　2012年3月　BOD一版
定　　價　　300元

國家圖書館出版品預行編目

小馬過河：朱曉劍短篇小說集 / 朱曉劍著. -- 一
版. -- 臺北市：釀出版, 2012.03
面； 公分. --（釀文學；PG0732）
BOD版
ISBN 978-986-5976-03-3（平裝）

857.63 101002185

讀者回函卡

感謝您購買本書，為提升服務品質，請填妥以下資料，將讀者回函卡直接寄回或傳真本公司，收到您的寶貴意見後，我們會收藏記錄及檢討，謝謝！
如您需要了解本公司最新出版書目、購書優惠或企劃活動，歡迎您上網查詢或下載相關資料：http:// www.showwe.com.tw

您購買的書名：________________________________

出生日期：________年________月________日

學歷：□高中（含）以下　□大專　□研究所（含）以上

職業：□製造業　□金融業　□資訊業　□軍警　□傳播業　□自由業
　　　□服務業　□公務員　□教職　□學生　□家管　□其它_____

購書地點：□網路書店　□實體書店　□書展　□郵購　□贈閱　□其他

您從何得知本書的消息？

□網路書店　□實體書店　□網路搜尋　□電子報　□書訊　□雜誌
□傳播媒體　□親友推薦　□網站推薦　□部落格　□其他__________

您對本書的評價：（請填代號　1.非常滿意　2.滿意　3.尚可　4.再改進）

封面設計____　版面編排____　內容____　文／譯筆____　價格____

讀完書後您覺得：

□很有收穫　□有收穫　□收穫不多　□沒收穫

對我們的建議：________________________________

____

____

____

請貼
郵票

11466
台北市內湖區瑞光路 76 巷 65 號 1 樓
秀威資訊科技股份有限公司 收
BOD 數位出版事業部

....

（請沿線對折寄回，謝謝！）

姓　　名：____________________ 年齡：________ 性別：□女　□男

郵遞區號：□□□□□

地　　址：____

聯絡電話：(日)____________________ (夜)____________________

E-mail：____